Winterzauber

Geschichten für die Weihnachtszeit

Von derselben Autorin oder demselben Autor

Sternenpfote

Luisa-Sophie Erbrugg

Winterzauber

Geschichten für die Weihnachtszeit

1. Auflage

Deutsche Erstausgabe August 2024

© 2024 Luisa-Sophie Erbrugg
Verlag: BoD • Books on Demand GmbH, In de Tarpen 42, 22848 Norderstedt
Druck: Libri Plureos GmbH, Friedensallee 273, 22763 Hamburg
ISBN: 978-3-7597-7740-9

Bibliografische Information der Deutschen Nationalbibliothek: Die Deutsche Nationalbibliothek verzeichnet diese Publikation in der Deutschen Nationalbibliografie; detaillierte bibliografische Daten sind im Internet über dnb.dnb.de abrufbar

Luisa-Sophie Erbrugg

Luisa-Sophie Erbrugg, eine Schweizer Schriftstellerin, Jahrgang 1972, hat ihr Zuhause im ländlichen Leben gefunden. Ihre Erzählungen sind von ihrer tiefen Verbundenheit zur Natur und ihrer Liebe zu den Tieren geprägt, wodurch sie die Geschichten und Schönheiten ihrer Umgebung zum Leben erweckt.

Inhaltsverzeichnis

Vorwort

Gibt es etwas Behaglicheres in der Vorweihnachtszeit, als mit einer heißen Tasse Gewürztee dem Schneetreiben draußen zuzusehen und ein Buch mit festlichen Erzählungen zu lesen?

Diese Zeit des Jahres weckt in vielen von uns nostalgische Erinnerungen an Kindheitstage, als die Welt noch voller Wunder und Geheimnisse war. Die funkelnden Lichter und der Duft von frisch gebackenen Zimtsternen bringen uns zurück zu diesen magischen Momenten. Fast greifbar liegt die Vorfreude in der Luft, während die Tage kürzer und die Nächte von einer geheimnisvollen Magie erfüllt werden. Das sanfte Schneetreiben draußen erinnert an tausend kleine Sterne, die leise zur Erde tanzen, während drinnen der Duft von Zimt und Nelken in der Luft liegt. Es ist eine Zeit, die uns daran erinnert, an das Wunderbare zu glauben und die kleinen Freuden des Lebens zu genießen. Inmitten des Trubels und der Hektik des Alltags bietet die Vorweihnachtszeit eine seltene Gelegenheit zur Besinnung und Ruhe. Es ist eine Zeit, in der wir innehalten und den Frieden in den einfachen, alltäglichen Momenten finden können. Es ist auch die Zeit, in der wir uns auf das Wesentliche besinnen: Die Wärme und Geborgenheit, die wir im Kreise unserer Lieben finden.

Die gemeinsamen Abende mit der Familie, das Lachen, die Geschichten – all das macht diese Jahreszeit
zu etwas ganz Besonderem. Diese besondere Zeit des
Jahres lädt auch zur Reflexion und Dankbarkeit ein.
Wir blicken auf das vergangene Jahr zurück und schätzen die Momente, die uns Freude und Glück gebracht
haben.

In diesem Buch möchte ich dich auf eine Reise durch
festliche Geschichten und zauberhafte Erzählungen
mitnehmen. Lass uns gemeinsam in eine Welt eintau-
chen, die von der Magie der Vorweihnachtszeit erfüllt
ist und die dich zum Träumen und Genießen einlädt.

Der verlorene Pfotenabdruck

Sachte schlich die Kälte des verschneiten Tages durch die Ritzen der alten Fenster in die warme Stube. Drinnen, am großen Holztisch, saßen die Kinder zusammen mit ihrer Oma. Draußen tanzten sanft die Flocken vom Himmel, als wollten sie den Moment umarmen. Der Raum war erfüllt von der heimeligen Wärme des Holzfeuers im Kamin und den fröhlichen Klängen der alten Standuhr, die in der Ecke leise tickte.

Oma erzählte, wie sie es schon so oft getan hatte, Geschichten aus einer fast vergessenen Zeit. Ihre Stimme war weich, fast melodisch, und die Kinder lauschten gebannt, als würde jede ihrer Erzählungen ein kleines Fenster in die Vergangenheit öffnen.

Auf dem Tisch flackerten Kerzen. Ihr sanftes Licht malte tanzende Schatten an die Wände. Der Duft von frisch gebackenen Plätzchen und heißem Kakao erfüllte die Luft und verströmte wohlige Wärme. Jedes Detail dieser Szene strahlte Geborgenheit und Liebe aus, während die Welt draußen in einem weißen Schneemantel versank.

Oma erzählte gerade von ihrer eigenen Kindheit, als sie selbst ein kleines Mädchen war, das den Geschichten ihrer Großmutter lauschte. Die Kinder konnten sich kaum vorstellen, dass auch sie einmal so klein und neugierig gewesen war wie sie selbst jetzt. Ihre Augen leuchteten und sie rückten noch ein Stückchen näher zu ihrer Oma, als ginge mit jedem ihrer Worte ein wenig Zauber von ihr aus. „Habe ich euch schon einmal mein liebstes Wintermärchen erzählt?"

„Nein, Oma. Bitte erzähle es uns!" bettelte Sebastian.

„Dann passt genau auf." Oma machte eine kurze Pause, lächelte und fing zu erzählen an. „Kälte lag wie ein unsichtbares, dichtes Tuch über dem verschneiten Wald, als der kleine Fuchs Finn durch die majestätischen Bäume streifte. Seine Pfoten sanken tief in den frisch gefallenen Schnee, der unter dem Gewicht knirschte. Zusammen mit der Vorstellung von knurrenden Mägen seiner Familie trieb ihn die Verzweiflung, eine Spur von Nahrung zu finden, immer weiter.

Plötzlich hielt er inne. Im makellosen Weiß vor ihm prangte ein Fußabdruck, größer und furchterregender als seine eigenen. Die Krallenabdrücke waren scharf und tief. Neugier überwältigte seine Vorsicht und so folgte er der Spur in den tiefen, stillen Wald. Die Dunkelheit und die Dichte der Bäume wurden zunehmend drückender.

Finns Herz klopfte, als er eine kleine Lichtung erreichte. Mitten in diesem friedlichen Fleckchen Erde stand eine mächtige Gestalt: Ein Wolf, sein Fell so weiß wie der umgebende Schnee und seine Augen funkelnd wie die Sterne in einer klaren Winternacht. Einen Moment lang standen sie einander gegenüber, Finn vor Ehrfurcht erstarrt.

„Warum folgst du mir?", fragte der Wolf mit einer Stimme, die klang wie das Grollen der winterlichen Winde.

Finn bebte, aus Kälte und Angst. „Ich suche nach Nahrung für meine Familie", flüsterte er. Seine Stimme war wie ein zartes Rascheln im kalten Wind. „Aber ich habe nichts gefunden."

Der Wolf sah den kleinen Fuchs mit freundlicher Gelassenheit an. „Du bist tapfer, kleiner Fuchs. Ich werde dir helfen." Der Wolf wandte sich ab und führte Finn zu einem versteckten Hain, der voll beladen mit schmackhaften Beeren und nahrhaften Nüssen war. „Nimm so viel, wie du benötigst."

Finns Augen weiteten sich vor Erleichterung und Dankbarkeit. „Warum hilfst du mir?", fragte er aufrichtig, während seine Stimme vor Rührung zitterte.

Der Wolf lächelte mit einem warmen Ausdruck in seinen sternenklaren Augen. „Weil wir alle Kinder dieses Waldes sind und einander helfen müssen, um zu überleben." Mit diesen weisen Worten verschwand der Wolf leise zwischen den Bäumen, als wäre er nie da gewesen.

Mit vollem Herzen und beladen mit Nahrung kehrte Finn zu seiner Familie zurück und erzählte ihnen von dem großzügigen Wolf. Fortan nannten sie den Ort der Begegnung ehrfürchtig 'Wolfspfad'. Wann immer Finn nun einen fremden Pfotenabdruck im Schnee entdeckte, erinnerte ihn dies daran, dass der Wald voller Geheimnisse und unerwarteter Freundschaften war."

Der Nachmittag verging wie im Flug und draußen begann es langsam zu dämmern. Die Schneeflocken tanzten weiter, aber drinnen hielt die Zeit einen Moment lang den Atem an. Gemeinsam verlebten die Kinder einen jener besonderen Tage, die tief im Herzen verankert bleiben – eine Insel der Wärme und Freude inmitten eines frostigen Winters.

In diesem Augenblick war die Welt perfekt und es gab keinen anderen Ort, an dem sie lieber sein wollten.

Denn manchmal ist es das einfache Zusammensein, das das größte Glück bringt.

Als die Großmutter ihre Geschichte beendet hatte, blieben die Kinder wortlos, als hörten sie dem Verstummen der Silben nach.

„Hat euch die Geschichte gefallen?", fragte Oma neugierig.

„Ja, Oma. Sie ist wunderschön." flüsterte Mariechen andächtig während es in ihren Gedanken förmlich ratterte. Nach einer Weile rückte das Mädchen näher zur Oma und zupfte sie an der Schürze. „Ist diese Geschichte wahr?"

„Ich weiß es nicht, Liebes. Vielleicht ist sie vor vielen Jahren einmal so geschehen."

Oma lächelte geheimnisvoll und strich Mariechen sanft über das Haar. „Manchmal, liebes Mariechen, sind die bedeutungsvollsten Geschichten jene, die einen Funken Wahrheit in sich tragen, auch wenn sie wie Märchen erscheinen."

Sebastian, der bis dahin still zugehört hatte, fragte: „Oma, glaubst du wirklich, dass es da draußen solche

Wölfe gibt, die einem einfach so helfen?"

Oma lehnte sich in ihrem alten Holzstuhl zurück und betrachtete die Flammen im Kamin, die wild im Feuer tanzten. „Vielleicht nicht genau so, wie in meiner Geschichte, aber ich glaube fest daran, dass es überall auf der Welt Menschen und Tiere gibt, die uns in unserer Not beistehen, wenn wir es am wenigsten erwarten."

Draußen wurde es dunkler und der Mond begann, die Landschaft in silbernes Licht zu tauchen. Oma stand auf und ging zum Fenster, hinter dem die Schneeflocken noch immer ihren stillen Tanz vollführten. „Wisst ihr, Kinder, wenn wir auf unser Herz hören und den Mut haben, anderen in der Not zu helfen, dann können wunderbare Dinge geschehen."

Ein leises Klopfen an der Tür unterbrach die Stille. Die Kinder blickten überrascht auf. „Wer könnte das um diese Zeit sein?", flüsterte Mariechen, ihre Augen voller Neugier.

Oma öffnete die Tür und da stand ein alter Mann, eingehüllt in einen dicken, abgetragenen Mantel und eine Wollmütze. Schnee lag auf seinen Schultern und seine Augen leuchteten freundlich aus seinem wettergegerbten Gesicht. „Guten Abend", sagte er mit tiefer Stimme. „Verzeiht die Störung, aber mein Wagen ist im Schnee stecken geblieben. Könnte ich vielleicht hier eine Weile Unterschlupf finden, bis das Wetter sich bessert?"

Oma lächelte. „Natürlich, komm herein. Setz dich ans Feuer und wärm dich auf."

Der alte Mann trat ein und schüttelte den Schnee von seinem Mantel. „Vielen Dank. Ihr habt wirklich einen gemütlichen Ort hier."

Die Kinder rückten näher zusammen, um dem Fremden einen Platz am Tisch anzubieten. Sebastian reichte ihm eine Tasse heißen Kakao und Mariechen bot ihm Plätzchen an. „Wir hören gerade Geschichten", sagte sie ein wenig scheu.

Der alte Mann lächelte, seine Augen wurden weich. „Geschichten sind etwas Wunderbares", sagte er. „Wusstet ihr, dass jede Geschichte, die wir hören, eine Tür zu einer anderen Welt öffnen kann?"

Sebastian fragte neugierig: „Kennst du auch Geschichten?"

„Oh ja", antwortete der Mann und lehnte sich im Stuhl

zurück. „Ich sammle Geschichten, die mir auf meinen Reisen begegnet sind. Möchtet ihr eine hören?“

Die Kinder nickten eifrig und der Mann begann zu erzählen. „Es war einmal, in einem entfernten Dorf, wo der Winter so kalt war, dass die Seen zu Kristallspiegeln gefroren und die Bäume vor Kälte knackten ...“

Während er sprach, lauschten die Kinder gebannt und merkten kaum, wie die Stunden vergingen. Die Stimme des Mannes, die Wärme des Raumes und die Geschichten, die durch das Zimmer schwebten, schufen eine Atmosphäre der Geborgenheit und Verzauberung.

Oma schaute lächelnd zu, als sie erkannte, dass diese Nacht eine sein würde, die die Kinder niemals vergessen würden – eine Nacht voller Geschichten, Freundschaft und dem Wunder der Begegnung.

Draußen tobte der Schneesturm weiter, aber drinnen, bei der flackernden Wärme des Feuers und den Klängen der alten Standuhr, hatten sie eine Welt gefunden, die sicher und voller Magie war.

Winterwunder und Freundschaft

Regenwürmer sind Meister des Verborgenen, die sich normalerweise tief in der Erde tummeln. Bei Regen erscheinen sie oft in Gruppen auf Straßen, Plätzen und Gehwegen. Doch kaum jemand fragt sich, was mit diesen faszinierenden Kreaturen im Winter geschieht, wenn Stürme über das Land fegen und Schnee die Landschaft bedeckt.

Halten sie Winterschlaf oder überleben sie nur die milden Jahreszeiten? Haben Regenwürmer überhaupt eine Vorliebe für Schnee oder ziehen sie sich lieber in den Boden zurück, um der winterlichen Kälte zu entgehen?

Tauchen wir ein in die geheimnisvolle Welt der Regenwürmer, die weit mehr zu bieten hat, als auf den ersten Blick ersichtlich ist.

In dieser Geschichte lernen wir einen besonderen Regenwurm kennen. Sein Name ist Gwendolin und anders als die meisten Artgenossen, liebt er den Winter. Am allerliebsten mag er es, wenn draußen Stürme toben und Schnee fällt. Dann macht er es sich in seiner gemütlichen Erdhöhle bequem und genießt das Knistern des Feuers im Kamin. Doch noch lieber zieht er seinen selbstgestrickten, blau-rosa-gestreiften Woll-

schal um den Hals und wagt sich hinaus ins Schneetreiben.

Die eisige Kälte trifft ihn wie eine grimmige Begrü-
ßung, doch Gwendolin schreckt nicht zurück. Er zieht
seinen Schal noch fester um sich und lässt sich von der
frischen Winterluft einhüllen. Über Nacht hat der
Schnee eine dicke Decke aus funkelnden Eiskristallen
über die Erde gelegt. Eine kleine Kohlmeise zwitschert
vergnügt auf einem kahlen Ast, als ob sie Gwendolin
willkommen heiße.

Mit jedem Schritt genießt Gwendolin die knirschenden
Geräusche unter seinem schneebedeckten Körper. Seine Augen, die normalerweise die Dunkelheit der Erde
gewohnt sind, strahlen im blendenden Weiß des Winters. Er fühlt sich lebendig, frei und, ja, ein bisschen
abenteuerlustig. Der Winter ist seine Welt und in dieser frostigen Zauberlandschaft fühlt er sich zu Hause.

Mit seinem selbstgestrickten Schal um den Hals
und einem gewissen Abenteuergeist macht sich Gwendolin auf den Weg, um neue Ecken seiner eisigen Welt
zu erkunden. Er gleitet über den frisch gefallenen
Schnee, hinterlässt eine dünne Spur, die sich schnell
wieder füllt, während der Wind ein feines Pulver dar-
über streut.

Nach einiger Zeit erreicht er einen verschneiten Hügel, von dem aus man das ganze Tal und die umliegenden Wälder überblicken kann. Gwendolin bleibt stehen, atmet tief ein und lässt den atemberaubenden Anblick auf sich wirken. Plötzlich hört er ein Rascheln in der Nähe.

Neugierig wendet er sich der Geräuschquelle zu und entdeckt ein Eichhörnchen, das hektisch in einem Laubhaufen wühlt. Gwendolin lächelt – es ist sein alter Freund Nutkin, der immer auf der Suche nach versteckten Vorräten ist.

„Nutkin!", ruft Gwendolin fröhlich. „Was tust du da?"

Das Eichhörnchen hebt den Kopf und erspäht den Regenwurm. Mit einem erleichterten Seufzen läuft es zu ihm herüber. „Gwendolin, wie schön, dich zu sehen! Ich suche nach einer Nuss, die ich hier irgendwo vergraben habe. Aber der Schnee hat alles bedeckt! Wie ich diese Jahreszeit liebe und zugleich hasse."

Gwendolin nickt verständnisvoll. „Ich kenne das Gefühl. Aber schau nur, wie wunderschön alles ist. Komm, ich helfe dir suchen."

Gemeinsam wühlen die beiden Freunde durch das Laub und den Schnee und bald darauf fördern sie eine große, glänzende Walnuss zutage. Nutkin strahlt über das ganze Gesicht. „Du hast sie gefunden, Gwendolin! Vielen Dank!"

„Keine Ursache", sagt Gwendolin bescheiden. „Und nun, da du deine Nuss hast, wie wäre es, wenn wir ein kleines Abenteuer erleben?"

Nutkin, immer bereit für eine neue Entdeckung, klatscht begeistert in die Pfoten. „Was hast du im Sinn?"

Gwendolin lächelt geheimnisvoll. „Ich habe gehört, im Herzen des Waldes gibt es einen gefrorenen Wasserfall. Er soll im Winter ganz besonders schön sein. Warum schauen wir nicht nach?"

Ohne ein weiteres Wort machen sich die beiden Freunde auf den Weg durch den verwunschenen Winterwald. Bäume ragen wie schlafende Riesen um sie herum auf, ihre Äste schwer beladen mit Schnee. Der Weg ist beschwerlich, doch die Aussicht auf das großartige Naturschauspiel treibt sie voran.

Nach einer Weile erreichen sie den Rand des Waldes

und sehen, dass der gefrorene Wasserfall vor ihnen steht, ein majestätisches Gebilde aus Eiszapfen und glitzernden Frostkristallen, die in der Nachmittagssonne funkeln. Gwendolin und Nutkin bleiben staunend davor stehen, ihre Atemwolken tanzen in der klaren Winterluft.

„Das ist einfach unglaublich", flüstert Nutkin ehrfürchtig.

„Ja, das ist es", stimmt Gwendolin zu, und in diesem Moment fühlt er sich, als wäre er Teil von etwas Großem und wunderbarem – ein kleiner Regenwurm in einer Welt voller magischer Winterwunder.

„Glaubst du, wir könnten auf dem Eis herunterrutschen?", fragt Nutkin.

Gwendolin blinzelt, während ihm der Vorschlag seines Freundes durch den Kopf geht. Ein abenteuerlustiges Funkeln erscheint in seinen Augen. „Warum nicht? Lass uns Spaß haben, Nutkin!"

Vorsichtig schleichen sie näher an den gefrorenen Wasserfall, ihre schmalen Pfoten und der kleine Regenwurmkörper tapfer auf dem glatten Untergrund balancierend. Die Eisfläche glitzert geheimnisvoll, als ob sie auf die mutigen Erforscher gewartet hätte.

„Pass auf, dass du nicht fällst!", warnt Gwendolin fröhlich. „Halte dich an mir fest, Nutkin."

Eichhörnchen und Regenwurm nehmen sich fest bei den „Händen", sofern das bei ihren unterschiedlichen Körpern möglich ist. Mit einem tiefen Atemzug und einem letzten Blick tauschen sie ein entschlossenes Nicken aus und machen sich bereit, die Eisbahn hinunter zu schlittern.

Zunächst bewegen sie sich langsam und unsicher auf ihren wackeligen Beinen. Doch bald gewinnen sie an Geschwindigkeit und beginnen zu lachen, während die eisige Luft ihre Gesichter streift. Die Welt zieht in einem verschwommenen Weiß und Glitzern an ihnen vorbei. Für einen Moment scheint die Zeit stillzustehen und alles, was zählt, ist die Freiheit dieses Augenblicks.

Mit einem letzten Schwung erreichen sie das Ende der Eisbahn und fallen in einen weichen Schneehaufen, lachend und keuchend zugleich. Nutkin rappelt sich als Erster auf und hilft Gwendolin wieder auf die „Beine".

„Das war großartig!", ruft Nutkin enthusiastisch. „Wir

müssen das unbedingt wiederholen!"

Gwendolin nickt, während seine Augen noch immer vor Freude strahlen. „Ja, das war es. Aber lass uns erst einmal unsere Umgebung erkunden. Ich bin sicher, es gibt hier noch viele magische Orte, die darauf warten, entdeckt zu werden."

Die Freunde richten sich wieder auf und blicken sich um. Der Winterwald umgibt sie mit seiner unvergleichlichen Schönheit und sie spüren die Verbundenheit mit der Natur, die diese kalte Jahreszeit so besonders macht.

Während sie weiter durch den verzauberten Wald wandern, haben sie weiterhin viel zu lachen und zu erzählen. Gwendolin und Nutkin fühlen sich durch das gemeinsame Erleben dieser magischen Winterwunder noch mehr verbunden als zuvor. Sie wissen, dass sie immer zueinanderstehen und sich gegenseitig auf neue Abenteuer mitnehmen würden.

Am Abend, während die Dämmerung über das Land hereinbricht und die ersten Sterne am Himmel zu leuchten beginnen, kehren sie zu Gwendolins gemütlicher Erdhöhle zurück. Der Kamin prasselt und spendet ihnen wohlige Wärme, während sie sich auf den wei-

chen Kissen ausstrecken und den ereignisreichen Tag
Revue passieren lassen.

„Es gibt nichts Schöneres als den Winter", sagt Gwendolin leise, seine Augen halb geschlossen vor Zufriedenheit.

„Da hast du recht", stimmt Nutkin zu. „Aber am aller-
schönsten ist der Winter mit einem guten Freund wie
dir, Gwendolin."

In dieser Nacht schlafen die beiden Freunde tief und
fest, ihre Herzen erfüllt von den Abenteuern und der
Freundschaft, die sie am kältesten Tag des Jahres gefunden haben. Der Winter würde noch viele weitere
Geheimnisse bereithalten und sie sind bereit, sie gemeinsam zu entdecken.

Mit einem Lächeln auf den Lippen und dem Gefühl der
Wärme im Herzen träumen sie von weiteren magischen Wintern, die noch kommen würden, und träumen von einer zauberhaften Welt, in der Freundschaft
und Abenteuer immer Hand in Hand gehen.

Das Winterlicht

Cassian war nicht immer der mutige und weise Hirsch, als den die Tiere des verschneiten Waldes ihn heute kennen. Seine Geschichte begann in einer friedlichen Lichtung, geschützt durch alte Tannen und einem kleinen, glitzernden Bächlein, das das Gebiet durchzog. Dort wurde Cassian an einem milden Frühlingstag geboren, als die Blüten in voller Pracht standen und die Sonne golden durch das frische Laub schien.

Cassians Mutter, Liara, war eine sanftmütige und fürsorgliche Hirschkuh, die ihn liebevoll aufzog. Schon als kleines Kitz war Cassian ein neugieriger Abenteurer, der die Welt um sich herum mit großen, leuchtenden Augen aufsaugte. Er lernte schnell, sich im Schutz der Bäume zu bewegen und den Klang des Windes zu deuten, der durch den Wald strich und Geschichten von fernen Orten erzählte.

Seine ersten Jahre verbrachte Cassian in der behüteten Gemeinschaft der Hirschfamilie. Dort lernte er von den Ältesten die alten Legenden des Waldes und die Sprache der Natur. Besonders angetan hatten es ihm die Geschichten über die geheimnisvollen Elfen, die tief in den Wäldern lebten und über mächtige Magie verfügten. Er träumte oft davon, eines Tages diese Elfenwelt zu entdecken und ihre Geheimnisse zu lüften.

Doch das Leben im Wald war nicht immer einfach. Cassian erlebte auch die harten Seiten der Natur. Der Tod seines Vaters, einem stolzen und starken Hirsch, der von einem umherziehenden Wolfsrudel getötet wurde, hinterließ eine tiefe Narbe in seinem jungen Herzen. Von diesem Verlust geprägt, versprach sich Cassian, eines Tages stark genug zu werden, um diejenigen zu beschützen, die ihm wichtig waren.

Die Begegnungen mit anderen Waldbewohnern lehrten Cassian die Werte von Freundschaft und Gemeinschaft. Besonders prägend war die Freundschaft mit einem weisen, alten Igel namens Bruni. Bruni war ein hervorragender Geschichtenerzähler und ermutigte Cassian stets, seine Träume zu verfolgen und niemals den Glauben an das Gute im Leben zu verlieren.

Mit der Zeit wuchs Cassian zu einem kräftigen und anmutigen Hirsch heran, dessen Name in der Elfensprache 'starker Beschützer' bedeutete – ein Name, den seine Mutter mit Bedacht gewählt hatte. Er hatte gelernt, dass wahre Stärke nicht nur in der körperlichen Kraft, sondern auch im Mut und der Entschlossenheit lag, seinen Überzeugungen zu folgen und für andere einzustehen.

Diese Lehren und Erfahrungen waren es, die Cassian zu dem Hirsch machten, der sich furchtlos dem härtesten Winter stellte und zu einem symbolischen Führer des Waldes wurde. Die Abenteuer und Prüfungen, die vor ihm lagen, sollten ihm zeigen, dass sein Name nicht nur eine Bedeutung trug, sondern auch eine Bestimmung, die er mit Herz und Seele erfüllen würde.

Die Winter in dieser abgeschiedenen Gegend waren hart und die Nahrung in dieser Zeit knapp.

Cassian war auf der Suche nach Futter, als er ein seltsames, warmes Licht zwischen den Bäumen bemerkte. Es war anders als alles, was er je gesehen hatte: ein sanftes Glühen, das nicht von der Sonne stammte.

Neugierig folgte der junge Hirsch dem Leuchten und fand einen kleinen, gefrorenen Teich, über dem das Licht schwebte. Es war ein magisches Licht, das von einer Gruppe von Glühwürmchen erzeugt wurde, die sich entschieden hatten, dem Wald im tiefsten Winter Wärme und Hoffnung zu schenken.

Cassian war fasziniert. Er hatte noch nie Glühwürmchen im Winter gesehen, da sie normalerweise in der Kälte nicht überleben konnten. Aber diese Glühwürmchen waren anders. Sie erzählten ihm, dass sie durch die Kraft der Freundschaft und des Zusammenhalts die Kälte überwinden konnten. Cassian war inspiriert von ihrem Licht und ihrer Wärme. Er beschloss, den anderen Tieren des Waldes zu helfen. Er teilte seine Entdeckung mit ihnen und führte sie zum magischen Licht. Gemeinsam fanden sie Wege, sich gegenseitig zu unterstützen und durch den Winter zu kommen. Ihre gemeinsamen Anstrengungen verwandelten den Wald in einen Ort der Hoffnung und des Lichts.

Als der Winter voranschritt, wurde Cassian zu einem Symbol der Hoffnung für den Wald und seine Bewohner. Die Tiere begannen, sich um den kleinen Teich zwischen den Tannen zu versammeln. Wie ein magisches Band wurden sie dabei von der Wärme und dem Licht der Glühwürmchen angezogen. Jedes der Tiere brachte Nahrung mit, die sie untereinander teilten und lauschten dabei den Geschichten der Ältesten.

Während der Winter sich dem Ende zuneigte, wurde der Teich immer mehr zu einem Treffpunkt, an dem alle Tiere des Waldes zusammenkamen, um die letzten harten Wintertage zu überstehen.

Cassian lernte in dieser Zeit viele neue Freunde kennen. Darunter Euline, eine Weise alte Eule. Im Vollmond einer klaren Winternacht verriet sie ihm die verborgenen Geheimnisse des Waldes. Am meisten lachen konnte der Hirsch mit dem Hasen, der sich selber Hans Hoppelmann nannte, obwohl er eigentlich Benjamin hieß. Der verspielte Hoppler war stets zum Scherzen aufgelegt und so war es nicht verwunderlich, dass er stets eine lustige Anekdote auf der Zunge hatte, die er mit Freude jedem erzählte, der sich von ihm in die Welt der Geschichten verzaubern ließ.

Am wichtigsten jedoch war für Cassian, dass er lernte, was es bedeutet, Teil einer Gemeinschaft zu sein. Eines Tages, als der Frühling nahte und das Eis zu schmelzen begann, bemerkte er, dass das Licht der Glühwürmchen schwächer wurde. Sie hatte ihre ganze Energie aufgebraucht, um den Tieren des Waldes durch den Winter zu helfen.

Cassian spürte, dass er etwas tun musste, um ihnen zu helfen. Er erinnerte sich an eine Legende, die die alte Eule ihm erzählt hatte. Die Sage berichtete von einer seltenen Blume, die im Herzen des Waldes blühte und die Kraft hatte, das Leben zu erneuern. Mit der Hilfe seiner Freunde machte sich Cassian auf die Suche nach dieser Blume. Mit tiefer Entschlossenheit wollte er das Licht der Glühwürmchen retten.

Dank seiner neu gewonnenen Entschlossenheit führte Cassian seine Freunde durch den tief verschneiten Wald. Die Suche nach der seltenen Blume war kein leichtes Unterfangen. Der Weg war beschwerlich und der Schnee lag meterhoch. Doch die Gemeinschaft der Tiere war stark und ihre Hoffnung unerschütterlich.

„Wir dürfen nicht aufgeben", sagte Cassian zu den anderen. „Die Glühwürmchen haben uns geholfen, nun ist es an uns, ihnen zu helfen."

Sie machten sich auf den Weg zum Herzen des Waldes, einem Ort, den nur die wenigsten Tiere jemals betreten hatten. Der alte Eulenschrein. Dank Eulines Weisheit und Cassians Führungsstärke kamen sie sicher durch die tückischen Pfade.

 Der Hase Hans Hoppelmann hielt die Gruppe trotz der Herausforderungen bei Laune. „Wusstet ihr, dass die Schneeflocken hier im Wald manchmal so groß sind, dass man sie für Schneehasen halten kann?", kicherte er und hüpfte durch das tiefe Weiß. Sein Humor war ansteckend und er half, die Moral der Gruppe aufrechtzuerhalten.

Nach Tagen intensiver Suche drangen sie immer tiefer in den Wald vor. „Wir müssen vorsichtig sein", warnte Euline. „Dieser Teil des Waldes birgt sowohl Schönheit als auch Gefahr."

Als die Tiere eine Lichtung erreichten, erblickten sie endlich die sagenumwobene Blume. Sie wuchs an einem alten, verwitterten Baumstumpf und leuchtete in einem strahlenden Blau, das den Schnee um sie herum in einen verzauberten Glanz tauchte. Es war, als ob ein Teil des Himmels selbst auf die Erde gefallen war.

„Ist das die Blume, von der die Legende spricht?", fragte Cassian mit ehrfurchtsvoller Stimme.

„Ja", antwortete Euline und neigte ihr weises Haupt. „Das ist das blaue Leuchten. Es hat die Kraft, das Leben zu erneuern."

Cassian und seine Freunde knieten ehrfürchtig nieder und begannen, die Blume vorsichtig zu pflücken. Plötzlich raschelte es im Gebüsch und eine Gruppe hungriger Wölfe trat auf die Lichtung. Die Tiere erstarrten und alle sahen zu Cassian, um Rat zu suchen. Er blieb ruhig und trat einen Schritt nach vorne.

„Wir sind nicht hier, um euch zu schaden", sagte er sanft, aber bestimmt. „Wir suchen nur eine Möglichkeit, unseren Freunden, den Glühwürmchen, zu helfen."

Die Augen der Wölfe funkelten im schummrigen Licht

der Lichtung. Ihr Anführer, ein großer, grauhaariger Wolf mit einer Narbe über dem rechten Auge, trat vor. Die Anspannung in der Luft war greifbar. Jedes Tier hielt den Atem an.

„Warum sollten wir euch trauen?", fragte der Wolf mit einer Stimme, die wie das Knirschen von Eis klang. „Ihr seid in unser Territorium eingedrungen, ohne Vorwarnung."

Cassian hob den Kopf und sah furchtlos in die Augen des Anführers. „Wir wissen um die alten Grenzen, doch die Not kennt keine Gebote. Unsere Freunde, die Glühwürmchen, haben das Überleben des Waldes während dieses harten Winters ermöglicht. Jetzt sind sie am Ende ihrer Kräfte. Alles, was wir wollen, ist diese Blume zu pflücken und sie zu ihnen zurückzubringen."

Die Wölfe knurrten leise, doch ihr Anführer musterte Cassian nachdenklich. „Ihr sprecht mit großer Leidenschaft, junger Hirsch", sagte er schließlich. „Vielleicht können wir euren Worten glauben, aber diese Blume hat große Macht. Wir können sie nicht einfach verschenken."

Cassian spürte, dass eine Chance bestand, die Wölfe zu überzeugen. „Lasst uns einen Handel schließen", schlug er vor. „Wir bieten euch unsere Freundschaft und Unterstützung im Gegenzug für die Blume. In schweren Zeiten stehen wir zusammen und teilen, was wir haben."

Der Anführer der Wölfe schien zu überlegen. Dann nickte er langsam. „Ein solcher Schwur ist nicht leichtfertig zu geben. Aber ich sehe, dass ihr ehrlichen Herzens seid." Er entspannte sich ein wenig. „Wir werden eure Freundschaft annehmen und darauf vertrauen, dass ihr eure Versprechen haltet."

Mit vereinten Kräften gelang es Cassian und seinen Freunden, die Blume sicher zurück zu den Glühwürmchen zu bringen. Als sie den kleinen gefrorenen Teich erreichten, pflanzten sie das blaue Leuchten in die Nähe des Wassers. Kaum hatten sie das getan, begann die Blume zu strahlen und ihre Energie durch den gesamten Wald zu senden. Die Glühwürmchen erwachten zu neuem Leben, ihr Licht leuchtete heller als je zuvor.

Die Tiere jubelten vor Freude. Cassian, der starke Beschützer, hatte erneut bewiesen, dass Hoffnung und Zusammenhalt selbst in den dunkelsten Zeiten triumphieren können. Der Wald war erfüllt von einer wärmenden Magie, die alle Herzen erreichte. So wurde der Winter schließlich besiegt und der Frühling brachte neues Leben und neue Abenteuer für Cassian und seine Gefährten.

Und so endet diese Geschichte, doch die Legende von Cassian und dem magischen Licht der Glühwürmchen wird im Wald für immer weitergetragen.

Weihnacht der Hermeline

In einem dunklen Wald, tief verborgen vor neugierigen Blicken, lebte einst eine kleine Gemeinschaft von Hermelinen. Es war ein besonderer Ort, abgeschieden und ruhig, wo die Tiere in Harmonie miteinander lebten. Der Winter kam früh in diesem Jahr und schon Ende November lag eine sanfte Schneedecke über dem Land. Die Hermeline bereiteten sich auf die kalte Jahreszeit vor und sammelten eifrig Vorräte, dichteten ihre Höhlen ab und kuschelten sich in weiches Moos.

Eines Tages, als der Dezember anbrach, ereignete sich etwas Wunderbares. Im tiefen Herzen des Waldes erschien ein glänzender Stern am Himmel. Seine Strahlen durchdrangen die verschneiten Tannen und erleuchteten den winterlichen Wald mit einem warmen Licht. Die Hermeline hatten so etwas noch nie gesehen. Neugierig kamen sie zusammen, um dieses Wunder zu bestaunen.

„Was ist das?", fragte Lila, das jüngste Hermelin Mädchen mit funkelnden Augen.

„Es ist ein Zeichen", sagte der weise, alte Hermelin Marcus, dessen Pelz inzwischen fast komplett weiß war, ein wenig geheimnisvoll lächelnd. „Ein Zeichen, dass ein besonderer Besuch bevorsteht."

„Was für ein Besuch ist das?"

„Das wirst du bald erfahren, meine kleine Lila", flüsterte Marcus und sprang zurück in die Gruppe.

In der Nacht, als der Mond hoch am Himmel stand und der Stern am hellsten leuchtete, hörten die Hermeline ein leises Rascheln. Aus dem Glanz des Sterns trat eine Gestalt hervor, ein Hermelin mit goldenen Augen und einem schimmernden Fell. Es war Selena, die Wächterin des Waldes und über alle Hermeline.

„Ich bringe euch die Grüße des kommenden Festes", sprach sie mit einer sanften Stimme, die wie ein Lied klang. „Wir feiern die Einheit und das Licht in dieser dunklen Jahreszeit."

Die Hermeline erschauderten vor Ehrfurcht. Noch nie hatten sie solch eine Erscheinung gesehen. Selena führte sie zu einer Lichtung, wo sie einen prächtigen Baum erstrahlen ließ, geschmückt mit leuchtenden Beeren und glänzenden Eiskristallen. Die Hermeline füllten den Baum mit ihren eigenen Schätzen: Nüsse, getrocknete Beeren und sogar kleine Muscheln vom

Fluss.

„Dies ist euer Weihnachtsbaum", erklärte Selena. „Ein Symbol für Gemeinschaft, Hoffnung und Freude."

Die Tiere begannen, um den Baum herumzutanzen und zu singen. Selbst die ältesten Hermeline fühlten sich wieder jung und voller Energie. Es war ein Fest, wie sie es noch nie erlebt hatten. Gemeinsam sangen sie die Lieder des Waldes, erzählten Geschichten am Feuer und teilten ihre Vorräte, als wäre es das größte Bankett der Welt.

Als der Morgen anbrach, begann Selena zu verblassen und ihr Licht verschwand langsam im ersten Sonnenstrahl. „Vergesst niemals, was ihr in dieser Nacht erlebt habt", sagte sie. „Bewahrt den Geist der Weihnacht in euren Herzen, jeden Tag."

Und so kehrte sie zurück in den Stern und verschwand in dessen Glanz, der langsam am Himmel verblasste. Der Baum blieb zurück, ein Symbol für das wundersame Ereignis.

Von diesem Tag an feierten die Hermeline jedes Jahr die Weihnacht der Hermeline. Sie schmückten ihren Baum, sangen ihre Lieder und erinnerten sich daran, dass das Licht selbst in den dunkelsten Zeiten immer bei ihnen war. Und jedes Mal, wenn sie den Stern am Himmel sahen, wussten sie, dass Selena über sie wachte.

Die Jahre vergingen und die Tradition der Hermeline wurde von Generation zu Generation weitergegeben. Lila war inzwischen erwachsen geworden und hatte selbst eine kleine Familie. Ihr Fell war im Winter schneeweiß und im Sommer sandfarben und ihre Kinder lauschten gespannt ihren Geschichten über die magische Nacht, als Selena erschien.

Doch eines Winters war die Stimmung anders. Die Kälte war schärfer und der Schnee tiefer als je zuvor. Es schien, als ob selbst die Sterne weniger hell funkelten. Die Hermeline spürten die drückende Unruhe und fragten sich, ob etwas Schlimmes geschehen war.

„Was, wenn Selena uns verlassen hat?", flüsterte ein junges Hermelin mit großen, ängstlichen Augen.

„Das darfst du nicht sagen", antwortete Lila sanft, aber bestimmt. „Selena hat uns versprochen, dass sie immer über uns wachen wird. Vielleicht müssen wir ihr diesmal helfen."

Die Hermeline bereiteten sich auf die Nacht der Feier vor. Wie jedes Jahr zogen sie los, um Nüsse, Beeren und Muscheln zu sammeln. Doch alles war knapper geworden und sie fanden nicht die üblichen Schätze. Der Weihnachtsbaum, der einst so prächtig und voll war, wirkte nun karg und traurig.

„Wir müssen Selena rufen", entschied sich Lila. „Wie haben wir das damals gemacht?", fragte sie ihre Gefährten.

Marcus, der weise Alte, erinnerte sich: „Wir müssen einen Kreis um den Baum bilden und unsere Herzen öffnen. Danach die Geschichte weiter erzählen und singen."

Und so taten die Hermeline wie geheißen. Sie bildeten einen Kreis um den Baum und begannen, ihre Geschichten zu erzählen, leise und sanft zu singen. Ihre Stimmen vereinten sich und plötzlich begann etwas Magisches zu geschehen. Der Stern am Himmel erschien wieder und wurde heller und heller. Die Luft schien aufzuwärmen und der Schnee glitzerte wie Diamanten.

Aus dem Stern trat Selena hervor, strahlend wie eh und je. Ihre Augen blickten jedoch besorgt. „Ihr habt mich gerufen und ich bin gekommen", erklärte sie. „Es gibt eine Dunkelheit, die sich über den Wald gelegt hat. Etwas Böses lauert in der Nähe und es droht unser Zuhause zu zerstören."

Die Hermeline rückten näher zusammen, ihre Herzen schlugen schneller. „Was können wir tun?", fragte Lila entschlossen.

„Gemeinschaft ist unsere stärkste Waffe", sagte Selena. „Ihr müsst zusammenhalten und euer Vertrauen ineinander stärken. Jeder von euch besitzt eine Gabe, die wir brauchen werden, um dem Bösen zu begegnen. Lila, du mit deinem klugen Verstand, und Marcus mit deiner Weisheit. Und jeder von euch anderen hat etwas Einzigartiges beizutragen."

Die Hermeline nickten und fühlten, wie Mut in ihnen aufstieg. Sie versprachen, zusammenzuhalten und Selena zu helfen, den Frieden in ihrem Wald wiederherzustellen.

„Hört also zu", sagte Selena. „Ihr müsst tief in den Wald gehen, wo das Böse sein Nest hat. Dort werdet ihr gemeinsam eine Herausforderung bestehen müssen, die euren Mut und eure Freundschaft auf die Probe stellt. Aber vertraut auf euch selbst und aufeinander und ihr werdet siegreich sein."

Die Hermeline versammelten sich für die Reise, fest
entschlossen, ihr Zuhause zu retten. Lila führte die
Gruppe durch den tiefen Schnee, Marcus hielt sie mit
seinen weisen Worten bei Laune, und jeder trug seinen
Teil zur Reise bei. Die Dunkelheit um sie herum
schien dichter zu werden, doch ihre gemeinsamen Lieder und Geschichten ließen das Licht in ihren Herzen
niemals erlöschen.

Schließlich erreichten sie eine düstere Lichtung, wo
keine Bäume mehr wuchsen und der Boden von einer
unheimlichen Finsternis durchzogen war. Dort stand
eine Gestalt, größer als jedes Hermelin, mit glühenden
Augen und scharfen Krallen.

„Wer wagt es, mein Reich zu betreten?", donnerte die
Kreatur.

„Wir sind hier, um unser Zuhause zu schützen", sprach
Lila mutig. „Wir werden deinem bösen Einfluss nicht
nachgeben."

Die Kreatur lachte. „Ihr kleinen Hermeline glaubt, ihr
könnt mich besiegen? Dann zeigt, was ihr könnt!"

Die Hermeline rückten näher zusammen, lösten sich nicht aus den Augen und spürten die Wärme ihrer Gemeinschaft. Selena beobachtete sie vom Rand der Lichtung, ihr goldener Blick voller Hoffnung und Ermutigung.

„Gemeinsam sind wir stark!", rief Lila, und die Hermeline vereinten ihre Kräfte. Ihre Herzen leuchteten im gleichen Rhythmus und plötzlich brach ein starkes, goldenes Licht aus ihnen hervor, das die Dunkelheit durchbrach und die böse Kreatur blenden ließ.

Mit einem letzten, verzweifelten Heulen verschwand die Gestalt, und die Dunkelheit löste sich auf, als wäre sie nie da gewesen. Der Wald war wieder hell und die Sterne funkelten klar am Himmel.

Selena trat vor und lächelte stolz. „Ihr habt es geschafft. Ihr habt bewiesen, dass wahre Stärke in der Gemeinschaft und dem Glauben aneinander liegt. Von nun an werdet ihr immer wissen, dass ihr jede Dunkelheit überwinden könnt."

Die Hermeline kehrten als Helden zurück. Jedes Jahr erinnerten sie sich nicht nur an das Licht und die Freude der Weihnachtszeit, sondern auch daran, wie sie gemeinsam ihr Zuhause beschützt hatten. Und so wuchs ihre Gemeinschaft stärker und enger zusammen, stets im Wissen, dass sie jede Herausforderung meistern konnten.

Der Weihnachtsbär

In den entlegenen Gegenden des Nordens, wo die Finsternis länger währt und die Tage rasch vergehen, hauste einst ein Bauer mit seiner Familie auf einem Hof, umringt von Wäldern.

Der Wind pfiff durch die Tannen, sodass diese sich ihm in seinem Takt beugten. Der Herbst neigte sich dem Ende zu und es roch nach Schnee. Es konnte nicht mehr lange dauern, bis der Himmel seine ersten Flocken auf die gefrorene Erde schicken würde.

Emma mochte den Herbst nicht besonders. Umso mehr freute sie sich auf die herannahende Weihnachtszeit. Endlich war sie alt genug, um ihrer Mutter beim Backen der Plätzchen zu helfen. Und Vater versprach ihr, sie in diesem Jahr mit in den Wald zu nehmen, um Tannenzweige für die Dekoration der Fenster zu sammeln.

„Papa, wann gehen wir endlich in den Wald?", drängelte sie schon seit Tagen ungeduldig.

„Heute noch nicht. Es ist noch zu früh dafür", war jeweils die Antwort. Doch eines Tages war es so weit. „Komm, Emma. Lass uns gehen." sagte Vater, während er seine Tochter auf den alten Schlitten setzte. „Halt dich fest, damit du nicht herunterfällst. Hü!", er

48

gab den Pferden ein Zeichen und im gleichmäßigen Schritt trabten die Tiere los.

Emma streckte ihre Zunge gegen den Himmel und versuchte die herabfallenden Schneeflocken aufzufangen.

Der Schnee wirbelte um sie herum, während der Schlitten leise über den gefrorenen Boden glitt. Das leise Klingeln der Glöckchen an den Pferdegeschirren vermischte sich mit dem Rascheln der Äste über ihnen. Emmas Augen funkelten vor Aufregung und ihre Wangen wurden rot von der Kälte.

Nach einer Weile erreichten sie eine kleine Lichtung tief im Wald. „Hier sind wir richtig", sagte Emmas Vater und brachte den Schlitten zum Stehen. „Hier finden wir die besten Tannenzweige."

Emma sprang eifrig vom Schlitten und stapfte durch den frischen Schnee. Sie liebte den knirschenden Klang unter ihren Stiefeln. Ihr Vater begann, einige Zweige mit seinem scharfen Messer abzuschneiden, während sie über die Lichtung tollte und dabei die glänzenden, grünen Nadeln sammelte.

„Papa, sieh mal!", rief Emma plötzlich und hielt ihrem Vater stolz ein besonders dichtes Bündel Tannenzweige entgegen. „Sind die nicht schön?"

Emmas Vater lächelte. „Ja, sehr schön. Wir werden die Fenster damit wunderbar schmücken können." Er legte die Zweige behutsam auf den Schlitten.

Als sie genug Zweige gesammelt hatten, machten sie sich auf den Heimweg. Der Schnee fiel dichter und die Dämmerung begann über den Wald hereinzubrechen. Emma kuschelte sich in die Decke auf dem Schlitten und beobachtete noch einmal die tanzenden Schneeflocken, bis sie schließlich die Augen schloss und einschlief.

Als sie zu Hause ankamen, hob Emmas Vater sie behutsam vom Schlitten und trug sie ins Haus. Im selben Moment wachte Emma auf und sah ihre Mutter, die in der Küche stand und den Teig für die Plätzchen knetete. „Ihr seid zurück!", sagte sie mit einem warmen Lächeln. „Emma, möchtest du mir jetzt beim Backen helfen?"

Emmas Augen leuchteten. „Ja, Mama!" Sie wusste, dass dieser Tag ein ganz besonderer war – der erste von vielen magischen Wintertagen, die sie in diesem Jahr erleben würde.

Die vorweihnachtlichen Tage vergingen wie im Flug. Mit jedem Tag, der näher an Weihnachten rückte, wurde Emma aufgeregter und wirbelte im Wohnzimmer herum.

„Sag mal, Emma. Wann willst du eigentlich deine Unordnung im Zimmer aufräumen? Du weißt doch, wenn nicht aufgeräumt ist, kann der Weihnachtsmann nicht kommen."

„Warum eigentlich nicht, Mami?"

„Weil er dann keinen Platz findet, um deine Geschenke abzulegen."

„Ach sooo", sagte Emma gedehnt und nickte ernsthaft, obwohl sie in ihrem Inneren immer noch skeptisch war, ob der Weihnachtsmann wirklich so pingelig war. Sie würde es aber lieber nicht riskieren.

In den folgenden Tagen half sie ihrer Mutter in der Küche. Der Duft von Zimtsternen, Vanillekipferl und Lebkuchen durchzog das ganze Haus. Emmas Vater brachte mehr Holz für den Kamin herein und abends nach dem Abendessen saß die Familie oft beisammen und Vater erzählte Geschichten, die er als kleiner Junge von seinem Großvater gehört hatte.

An einem besonders frostigen Abend, als der eisige Wind um das Haus heulte, legte sich Emma mit einem leisen Seufzer ins Bett. Ihr Zimmer war nun tadellos aufgeräumt. Jede Puppe saß ordentlich auf dem Regal und ihre Kuscheltiere waren sauber unter der Decke verstaut. Sie schloss die Augen und stellte sich vor, wie der Weihnachtsmann durch den Schornstein klettern würde.

In der Nacht wurde sie von einem seltsamen Geräusch geweckt. Ein leises Klirren und Poltern kam aus dem Wohnzimmer. Emma setzte sich aufrecht hin und lauschte. War es möglich? War der Weihnachtsmann schon da?

Neugierig schlich sie aus ihrem Bett, zog sich ihre warme Jacke über und schlüpfte in ihre Hausschuhe. Vorsichtig öffnete sie die Tür und tappte leise den Flur entlang. Als sie in das Wohnzimmer spähte, sah sie tatsächlich eine dunkle Gestalt, die sich an den Weihnachtsbaum schmiegte und etwas an den Zweigen anbrachte.

„Weihnachtsmann?", flüsterte sie hoffnungsvoll.

Die Gestalt erstarrte und drehte sich langsam um. Emma konnte kaum glauben, was sie sah. Es war nicht der Weihnachtsmann, sondern ein großer, zotteliger Bär! Der Bär trug einen roten Schal und hatte eine kleine rote Mütze auf dem Kopf.

„Wer bist du?", fragte sie mit großen Augen.

Der Bär lächelte warm. „Ich bin Bruno, der Weihnachtshilfsbär. Der Weihnachtsmann hat mich geschickt, um sicherzustellen, dass alles bereit ist für den großen Tag."

„Ein Weihnachtshilfsbär?", wiederholte Emma und trat näher. „Ich wusste gar nicht, dass es so etwas gibt."

Bruno nickte. „Ja, uns gibt es. Wir helfen dem Weihnachtsmann, wenn er zu viel zu tun hat. Möchtest du mir helfen?"

Emmas Augen leuchteten vor Aufregung. „Sehr gerne!"

Zusammen mit Bruno schmückte sie den Baum weiter, hängte noch mehr Lichterketten auf und stellte die letzten Geschenke unter den Baum. Es war eine magische Nacht und Emma wusste, dass sie dieses Abenteuer nie vergessen würde.

Kurz bevor die ersten Sonnenstrahlen durch das Fenster blitzten, verabschiedete sich Bruno mit einer liebevollen Umarmung. „Danke, Emma. Du hast wunderbar geholfen. Jetzt mache ich mich auf den Weg zurück zum Weihnachtsmann."

Emma winkte ihm hinterher und ging dann mit einem glücklichen Lächeln zurück ins Bett.

Als ihre Eltern sie am nächsten Morgen weckten, erzählte sie ihnen von Bruno, dem Weihnachtshilfsbären. Sie lächelten und sagten, dass sie eine lebhafte Vorstellungskraft hätte. Aber Emma wusste, dass es mehr als das war. Und als sie die glänzenden Augen ihrer Eltern beim Anblick des perfekt geschmückten Baumes sah, wusste sie, dass die Magie der Weihnachtszeit immer wieder neue Geschichten schreiben würde.

Der Heiligabend war gekommen und während Emma mit ihrer Familie zusammensaß und die funkelnden Lichter betrachtete, dachte sie an die besondere Nacht mit Bruno. Weihnachten war in ihrem kleinen Haus im Norden angekommen und Emma fühlte sich glücklicher denn je.

Der wunderbare Wunschbaum

In einem fernen Land lag ein kleines Dorf verborgen, in dessen Mitte eine ehrwürdige alte Eiche stand, von der die Dorfansässigen glaubten, dass sie ihre Weihnachtswünsche erfüllte.

In diesem Dorf lebte auch ein kleines Mädchen, das nichts sehnlicher wünschte, als dass ihr kranker Bruder zu Weihnachten gesund wurde. Der innige Wunsch ihres Herzens führte sie schließlich zu einem mutigen Entschluss: Sie würde sich auf eine Reise begeben, um herauszufinden, ob der Wunschbaum tatsächlich Wunder vollbringen konnte.

Das kleine Mädchen, mit Namen Lena, machte sich früh am nächsten Morgen auf den Weg. Der kälteste Wintermorgen des Jahres war hereingebrochen und dichte Schneeflocken fielen unaufhörlich vom Himmel. Lena wickelte sich fest in ihren roten Schal und zog ihre Mütze tiefer ins Gesicht. Sie fühlte sich ein wenig ängstlich, aber der Gedanke an ihren Bruder gab ihr den Mut, voranzuschreiten.

Bevor sie das Dorf verließ, blieb sie kurz an der Eiche stehen. Sie legte eine Hand auf die raue Rinde des alten Baumes und schloss die Augen. „Bitte, erfülle meinen Wunsch", flüsterte sie, bevor sie sich endgültig auf den Weg machte.

Der Pfad, den sie eingeschlagen hatte, führte durch den verschneiten Wald, der das Dorf umgab. Die Tannen waren dick mit Schnee bedeckt und die Äste bogen sich unter der Last. Eine unheimliche Stille lag über dem Wald. Nur das Knirschen von Lenas Schritten durch den Schnee war zu hören.

Plötzlich hörte sie ein leises Rascheln. Ihr Herz setzte einen Schlag aus, als sie sich umsah. Aus dem Unterholz stieg ein kleiner, grauer Hase heraus und sah sie mit seinen großen, klugen Augen an. Lena lächelte und ging vorsichtig auf ihn zu. „Hallo, kleiner Freund", sagte sie leise. „Weißt du vielleicht, wohin ich gehen muss, um den Wunschbaum besser zu verstehen?"

Der Hase wackelte mit der Nase und sprang dann in Richtung eines schmalen Pfades, der tiefer in den Wald führte. Lena zögerte kurz, aber dann folgte sie dem Hasen. Er schien genau zu wissen, wohin er wollte, und immer wieder hielt er an und blickte zurück, um sicherzustellen, dass sie ihm folgte.

Der Pfad wurde immer enger und die Bäume dichter. Lange Zeit ging Lena hinter dem Hasen her, bis sie schließlich an eine Lichtung kamen. In der Mitte der Lichtung stand eine kleine Hütte, aus deren Schornstein Rauch aufstieg. Lena spürte eine warme Zuversicht in ihrem Herzen und wusste, dass sie hier richtig war. Sie nahm all ihren Mut zusammen und klopfte an die Tür.

Die Tür öffnete sich knarrend und eine alte Frau mit einem freundlichen Gesicht und strahlenden Augen erschien im Rahmen. „Komm herein, Kind", sagte sie mit einer sanften Stimme. „Ich habe dich schon erwartet."

Lena trat ein und spürte sofort die wohlige Wärme des Kaminfeuers. Drinnen war es gemütlich und auf einem Tisch lagen allerlei seltsame Gegenstände: Federn, Flaschen mit leuchtenden Flüssigkeiten und Bücher mit verwitterten Einbänden. Die alte Frau bedeutete ihr, sich auf einen Holzstuhl zu setzen und setzte sich selbst auf einen Schemel neben dem Kamin.

„Ich bin Meira", stellte sich die alte Frau vor. „Und du bist hier wegen deines Wunsches, nicht wahr?"

Lena nickte und erzählte Meira von ihrem kranken Bruder und ihrer Reise. Die alte Frau hörte aufmerksam zu und legte dann eine Hand auf Lenas Schulter.

„Der Wunschbaum ist mächtig", begann sie, „aber seine Kräfte sind niemandem vollständig bekannt. Es gibt jedoch eine Legende, die besagt, dass wahre Wünsche in der Tiefe des Herzens ein Licht haben, das den Weg zum Wunschbaum erleuchten kann."

Lena betrachtete Meira mit großen Augen. „Was muss ich tun?", fragte sie entschlossen.

Die Alte lächelte weise. „Du musst ein Stück des Lichts in deinem Herzen finden und es zum Wunschbaum bringen. Es wird nicht leicht sein, aber ich werde dir so gut es geht helfen."

Meira erhob sich und holte eine kleine, scheinbar leere Glasflasche mit einem Korken darauf. „Diese Flasche wird dir helfen, das Licht deines Herzens zu fangen", erklärte sie. „Aber vergiss nicht, dass es deine Liebe und dein Glaube sind, die das wahre Licht bewahren."

Mit der Flasche in der Hand und neuem Mut im Herzen machte sich Lena bereit für das nächste Kapitel ihrer Reise. Die Greisin gab ihr noch einige nützliche Hinweise mit auf den Weg und ehe sie sich versah, stand Lena wieder im kalten, schneebedeckten Wald, bereit, das Abenteuer fortzusetzen.

Eine tiefe Entschlossenheit erfüllte sie, als sie wieder losging. Sie wusste, dass sie alles tun würde, um das Licht ihres Herzens zu finden und ihren Bruder zu retten. Bis zum tiefsten Punkt in ihrem Inneren fühlte Lena, dass sie die Kraft hatte, jedes Hindernis zu überwinden, das vor ihr lag.

Lena stapfte weiter durch den dichten Schnee. Der geringe Schutz, den die Bäume um sie herum boten, verblasste zusehends, als ein eisiger Wind zu wehen begann. Doch Lenas Entschlossenheit war unerschütterlich. In ihrer kleinen Hand hielt sie die Glasflasche fest umklammert.

Während sie weiterging, senkte sich die Dämmerung langsam über den Wald. Die Schatten der Bäume wirkten wie lange, düstere Finger, die ihre Umgebung in ein mystisches Licht tauchten. Lena erinnerte sich an Meiras Worte und versuchte, in sich hineinzuhorchen. „Ein Stück des Lichts in deinem Herzen finden …", murmelte sie leise vor sich hin.

Gerade als sie glaubte, dass die folgende Kälte und Dunkelheit übermächtig werden könnten, erhellte ein sanfter, warm weißer Schimmer ihre Umgebung. Lena hielt inne und sah sich um. Ihr Blick fiel auf eine Lichtung, die von einem matten, fast magischen Glanz umgeben war. Ohne zu zögern, folgte sie dem Lichtstrahl, der sich wie ein Wegweiser vor ihr ausbreitete.

Als sie die Lichtung betrat, fand sie sich vor einer schneeweißen Eishöhle wieder. Es schien, als würde das Licht von tief innerhalb der Höhle ausgehen. Mit festem Griff um die Glasflasche und einer Mischung aus Zweifel und Hoffnung betrat Lena die Höhle.

Der Innenraum der Höhle war atemberaubend. Überall glitzerten Eiskristalle wie Diamanten und reflektierten das warme, goldene Licht. Lena fühlte sich von der Schönheit überwältigt, aber sie wusste, dass sie nicht viel Zeit verlieren durfte. Mit vorsichtigen Schritten ging sie tiefer in die Höhle hinein und folgte dem Licht, das stärker und intensiver wurde.

Plötzlich stand sie vor einer gewaltigen Eiswand, die sich wie ein Spiegel vor ihr erstreckte. In der Mitte dieser Wand brannte ein kleines, pulsierendes Licht, das Lena unweigerlich anzog. Es war, als würde es sie direkt ins Herz berühren. Mit zitternden Händen öffnete Lena die Glasflasche und hielt sie in Richtung des Lichtes.

Die Luft schien zu knistern, während das Licht langsam in die Flasche floss und sie von innen heraus zu leuchten begann. Lena spürte eine tiefe Wärme und innere Ruhe, als sie die Flasche vorsichtig verschloss.

Doch kaum hatte sie das Licht eingefangen, geriet die Höhle in Bewegung. Eisstücke fielen von der Decke und lautes Knacken und Knirschen erfüllte die Luft. Lena wusste, dass sie so schnell wie möglich hinaus musste. Mit der Glasflasche fest in ihren Händen lief sie, so schnell sie konnte, zurück zum Höhleneingang.

Die Höhle schien in sich zusammenzustürzen und Lena hörte das Knistern von brechendem Eis hinter sich. Doch schließlich gelang es ihr, wieder die Lichtung zu erreichen und den einstürzenden Höhlenausgang hinter sich zu lassen.

Außer Atem hielt sie inne und schaute auf die leuchtende Flasche in ihrer Hand. Ein Gefühl tiefster Zufriedenheit und Freude überkam sie. Sie hatte es geschafft. Sie hatte das Licht ihres Herzens gefunden.

Zuversicht erfüllte sie, während sie den Rückweg zum Dorf antrat. Dabei hatte sie den Wunschbaum stets vor ihrem geistigen Auge. Jeder Schritt fühlte sich leichter an, als würde das Licht in der Flasche auch ihren Weg erhellen.

Nach einiger Zeit erreichte sie schließlich das Dorf wieder. Die Ortsbewohner hatten sich um die alte Eiche versammelt, als sie sahen, wie Lena aus dem Wald trat. Staunen und Hoffnung spiegelten sich in ihren Gesichtern wider, als sie die leuchtende Flasche in Lenas Hand erblickten.

Lena trat zum Wunschbaum und legte zärtlich die Flasche mit dem Herzlicht an seinen Fuß. „Bitte, erfülle meinen Wunsch", flüsterte sie erneut.

Ein sanfter Wind erhob sich und zog durch die Äste des Baumes, ließ sie leise wispern. Plötzlich begann der Wunschbaum selbst zu leuchten. Erst unmerklich, dann immer heller, bis er schließlich in strahlendes Licht getaucht war. Die Menschen um den Baum herum hielten den Atem an.

In diesem Moment wusste Lena, dass ihr Wunsch in Erfüllung gehen würde. Ihr Herz war leicht und voller Frieden und sie war sich sicher, dass ihr Bruder bald wieder gesund sein würde.

Die Magie des Wunschbaumes hatte nicht nur Lenas Wunsch erhört, sondern das ganze Dorf mit einem warmen Glanz erfüllt. Weihnachten war gekommen und das Licht der Liebe und Hoffnung strahlte heller als je zuvor.

Die magische Schneekugel

„Linda, ich bin froh, wenn die Weihnachtsfeiertage vorüber sind“, seufzte Karin, während sie das nächste Spielzeug in Geschenkpapier verpackte.

„Wieso das denn? Weihnachten ist doch die schönste Zeit des Jahres. Also ich kann mir nichts Schöneres vorstellen, als diese Tage mit meiner Familie zu genießen.“

„Das ist in unserer Familie leider nicht möglich“, seufzte Karin. „Bei uns dauert es höchstens eine halbe Stunde, bis mein Bruder von seinen neuesten Errungenschaften erzählt. Für ihn zählt nur Geld, Erfolg und Prestige. Etwas Anderes kennt er nicht.“

„Das klingt anstrengend“, meinte Linda mitfühlend und legte eine Hand auf Karins Schulter. „Aber kann man das nicht irgendwie umgehen?“

„Glaub mir, ich habe es versucht“, sagte Karin traurig und band das Geschenk mit einer hübschen Schleife zusammen. „Jedes Jahr denke ich, es wird anders sein. Und dann endet es immer gleich mit Streit und bösen Worten.“

Linda überlegte kurz, dann griff sie in ihre Handtasche und zog eine kleine Schneekugel heraus. Sie strahlte sanft im Licht und in ihrem Inneren rieselten glitzernde Schneeflocken über ein kleines, liebevoll gestaltetes Weihnachtshaus. „Hier, vielleicht hilft dir das weiter", sagte sie und reichte die Kugel Karin.

„Was ist das?", fragte Karin neugierig.

„Eine besondere Schneekugel", antwortete Linda geheimnisvoll. „Meine Großmutter hat sie mir vor langer Zeit gegeben. Sie hat immer gesagt, sie könne den Menschen helfen, die Magie von Weihnachten wiederzuentdecken. Probier es aus, wenn du das nächste Mal das Gefühl hast, dass dein Bruder alles vermiest."

Karin hielt die Kugel vorsichtig in den Händen und betrachtete sie fasziniert. „Das ist sehr lieb von dir, Linda. Vielleicht gibt es ja doch noch Wunder."

„Manchmal braucht man nur einen kleinen Funken Magie", sagte Linda lächelnd. „Wer weiß, was diese Schneekugel bewirken kann."

Der vorweihnachtliche Trubel endete rasch und die beiden Frauen überreichten noch schnell das letzte

Geschenk, bevor sie den Laden zusperrten. Wenig später trat Karin in die verschneiten Gassen der Stadt und kehrte in ihre Dachwohnung zurück. Noch zwei Stunden, dann würde das Weihnachtsfest bei ihrem Bruder beginnen. Ein krampfhaftes Ziehen machte sich im Magen bemerkbar. Sie entledigte sich ihrer Kleidung und gönnte sich ein warmes Lavendel-Bad. Sanft massierte sie sich dabei die müde gelaufenen Füße.

Karin legte die Schneekugel vorsichtig auf den Rand der Badewanne und ließ sich tiefer ins warme Wasser sinken. Der Duft von Lavendel füllte die Luft und half ihr, ein wenig zu entspannen. Während sie die Augen schloss, dachte sie über Lindas Worte nach. Eine besondere Schneekugel, die Menschen helfen könne, die Magie von Weihnachten wiederzuentdecken. Sie spürte einen leisen Hoffnungsschimmer in ihrem Herzen aufflackern, auch wenn sie versuchte, ihre Erwartungen nicht zu hochzuschrauben.

Nach dem Bad schlüpfte sie in einen gemütlichen Weihnachtspullover und Jeans. Sie griff erneut zur Schneekugel und stellte sie auf ihren Nachttisch. Vielleicht, dachte sie bei sich, vielleicht könnte diese kleine Kugel zumindest etwas Frieden in das jährliche Familientreffen bringen.

Mit mulmigen Gefühlen machte sich Karin schließlich auf den Weg zu ihrem Bruder. Der Weg durch die verschneiten Straßen brachte ihr ein Stück Weihnachten zurück, das sie seit ihrer Kindheit nicht mehr gespürt hatte. Die funkelnden Lichter und der Duft von gebrannten Mandeln erinnerten sie an bessere Zeiten.

Als sie schließlich vor der Tür des prachtvoll geschmückten Hauses ihres Bruders stand, atmete sie tief durch und klopfte an. Sandra, ihre Schwägerin, öffnete die Tür mit einem strahlenden Lächeln. „Karin, schön, dass du da bist!"

„Danke, Sandra. Frohe Weihnachten", erwiderte Karin, bemüht, ihre Unruhe zu verbergen.

Drinnen begrüßte sie das vertraute, festliche Chaos. Kinder liefen um den riesigen Weihnachtsbaum herum und die Erwachsenen standen in kleinen Gruppen zusammen und unterhielten sich. In einer Ecke des Wohnzimmers entdeckte sie ihren Bruder Markus, der gerade stolz von seinem neuesten Geschäftsabschluss erzählte.

„Ach Karin, wie schön, dass du da bist!", sagte Markus, als er sie bemerkte. Er umarmte sie flüchtig, bevor er sich wieder seinen Gesprächspartnern zuwandte.

Karin stellte ihre Tasche ab und nahm unauffällig die Schneekugel heraus. Als sich eine Gelegenheit bot, platzierte sie die Kugel in die Mitte des weihnachtlich gedeckten Tisches. Vielleicht würde es helfen, dachte sie, wenn die Magie der Schneekugel mitten im Geschehen war.

Das Abendessen verlief wie erwartet. Markus prahlte mit seinen Erfolgen und lenkte jede Unterhaltung auf sich selbst. Karin spürte, wie sich die Anspannung in ihrem Inneren aufbaute. Doch dann fiel ihr Blick auf die Schneekugel, die auf dem Tisch funkelte. Sie beschloss, es zu versuchen.

„Weißt du, Markus", sagte sie in einem ruhigen Moment, „ich habe diese besondere Schneekugel mitgebracht. Sie soll helfen, die Magie von Weihnachten wiederzuentdecken."

Markus hob eine Augenbraue und lachte leicht spöttisch. „Eine Schneekugel? Na, wenn das mal nicht kindisch ist."

„Vielleicht", sagte Karin, „aber vielleicht kann sie uns helfen, uns daran zu erinnern, was Weihnachten wirklich bedeutet."

Für einen Moment herrschte Stille im Raum. Dann griff Markus wider Erwarten nach der Schneekugel und schüttelte sie leicht. Die glitzernden Schneeflocken tanzten um das kleine Weihnachtshaus und alle schauten fasziniert zu.

Auf einmal veränderte sich das Innern der Schneekugel. Eine verschneite Landschaft tauchte auf mit Schnee behangenen Tannen. Alle starrten wie gebannt auf das Objekt. Allmählich wurden zwei Kinder sichtbar. Ein Junge und ein Mädchen.

„Das sind ja wir!", rief Markus aus. „Schau mal Karin, das sind wir als Kinder."

Karin trat näher an die Kugel. „Tatsächlich. Sieh nur, Markus! Wir bauen gemeinsam einen Schneemann."

„Ich weiß noch genau, wann das war. Erinnerst du dich noch? Damals, als sich Mutter den Knöchel verrenkt hatte und Vater für uns das Weihnachtsessen gekocht hatte."

„Du hast recht, Bruderherz. Weil wir ständig nach den Geschenken gefragt hatten, hatte uns Vater nach draußen geschickt, damit er in Ruhe das Gulasch kochen konnte."

Die Geschwister schauten weiter in die Schneekugel und verloren sich in den Erinnerungen.

„Weißt du noch, Karin", sagte Markus plötzlich, „wie wir alle zusammen gelacht haben, als unser Schneemann irgendwie immer schief stand und am Ende ganz umgekippt ist?"

Karin lachte leise. „Oh ja, das war ein herrliches Chaos. Und Mama konnte kaum glauben, dass Papa es tatsächlich geschafft hatte, das Gulasch hinzubekommen."

Neben ihnen trat Sandra näher an die Kugel heran und beugte sich interessiert vor. „Das klingt nach einer wirklich besonderen Erinnerung. Es ist schön zu hören, dass ihr solche Momente geteilt habt."

Markus sah Karin mit einem wehmütigen Lächeln an. „Die Zeiten waren so viel einfacher damals, nicht wahr?"

Karin nickte und spürte, wie ihr Herz sich ein wenig öffnete. „Ja, das waren sie. Da ging es nicht um Geld oder Status, sondern nur darum, zusammen zu sein und Freude zu teilen."

Eine sanfte Stille legte sich über den Raum, als die Familie von der Magie der Schneekugel eingefangen wurde. Die Kinder, die bisher wild umhergelaufen waren, versammelten sich neugierig um den Tisch und beobachteten die funkelnden Schneeflocken. Die Erwachsenen unterbrachen ihre Gespräche und ließen sich von der kindlichen Faszination anstecken.

Ein kleines Mädchen, Karins Nichte Sofia, kletterte vorsichtig auf einen Stuhl und schaute in die Schneekugel. „Das ist so schön", flüsterte sie ehrfürchtig. „Onkel Markus, Tante Karin – erzählt uns mehr von früher!"

Markus und Karin tauschten einen Blick aus und dann lächelte Markus. „Na gut, dann erzähle ich euch von dem Jahr, als Karin und ich beschlossen hatten, den Adventskalender selbst zu basteln. Es war eine Katastrophe!"

Die Kinder lachten und setzten sich um den Tisch, während Markus erzählte. Mit jedem weiteren Detail, das er enthüllte, kehrte ein Stück der alten Weihnachtsmagie zurück. Auch Sandra und die anderen

Erwachsenen hörten aufmerksam zu, ihre Herzen erwärmt von den Erinnerungen und dem glitzernden Zauber, der aus der Schneekugel herauszuströmen schien.

Karin fühlte, wie die Anspannung allmählich von ihr abfiel. Vielleicht, dachte sie, war dies der Beginn eines neuen Kapitels für ihre Familie. Ein Kapitel, in dem es um Liebe und Zusammenhalt ging, und nicht um Wettbewerb und Prunk. Die Schneekugel hatte ihnen einen kostbaren Moment geschenkt – einen Moment, der vielleicht reichen würde, um ihre Herzen dauerhaft zu berühren.

Als der Abend fortschritt, fanden sich alle in Gesprächen vertieft und in Erinnerungen verloren, die zuvor begraben schienen. Die Weihnachtsfeier hatte eine unerwartete Wendung genommen und am Ende des Abends wusste Karin, dass dieser Moment in der Schneekugel der Funke war, den sie alle gebraucht hatten, um Weihnachten wieder mit dem Herzen zu feiern.

Sie nahm sich vor, die Schneekugel jedes Jahr mitzubringen und jeden daran zu erinnern, was wirklich wichtig ist: die Magie, die in gemeinsamen Erinnerungen und der Liebe zueinander steckt. So ging dieser besondere Weihnachtsabend zu Ende – im Glanz der Schneeflocken und dem warmen Licht der Liebe, das die Herzen aller erhellte.

Ewald muss Diät machen

In der kalten Jahreszeit, wenn die Erde in ein dickes Kleid aus Milliarden von Schneeflocken gehüllt ist, herrscht am Nordpol reges Treiben.

Das ist nicht verwunderlich. Es ist die Zeit vor Weihnachten. Im Weihnachtsdorf helfen alle tatkräftig mit. Die Zuckerelfen backen Plätzchen und Christstollen, die Stallelfen sorgen dafür, dass es den Rentieren an nichts fehlt und die Spielzeugelfen sorgen dafür, dass auch ja alle Geschenke an die richtigen Kinder verteilt werden. Sie bauen Schaukelpferde zusammen, nähen Puppenkleider oder bemalen Bauklötze aus Holz. Dabei singen die kleinen Helfer des Weihnachtsmannes fröhliche Lieder oder hören den heiteren Klängen der Flötenelfen zu.

Doch die Werkstattelfen sind heute besonders betrübt. Der Schlitten will absolut nicht abheben. Wenn sie das Problem nicht bald lösen, fällt dieses Jahr die Weihnachtsbescherung aus.

„Hast du das Problem noch immer nicht gefunden, Krocko?"

„Nein, leider noch nicht, Weihnachtsmann", seufzt der Elf, während er erneut die Schlittenbaupläne durchgeht.

„Ist es möglich, dass der Fehler an etwas Anderem liegt?", fragt der Mann im roten Mantel skeptisch.

Krocko hebt nur kurz die Schultern. „Das ist die einzige Erklärung, die mir einfällt."

Der Weihnachtsmann kratzt sich am Hinterkopf. „Kann es sein, dass es an den Rentieren liegt?"

„Wie kommst du darauf? Die Tiere sind doch gesund. Aber ich werde zur Sicherheit bei den Stallelfen nachfragen."

„Lass mal, Krocko. Ich erledige das. Wirf du noch einmal einen Blick auf die Pläne. Vielleicht entdeckst du doch noch etwas." Der Weihnachtsmann dreht sich auf dem Absatz um und verlässt die Reparaturwerkstatt. Kurze Zeit später trifft er im Rentierstall ein. Die Tiere liegen entspannt im Stroh und kauen genüsslich am Heu, das ihnen Freddy, der Stallmeister, zuvor gegeben hat. „Na, Freddy, wie geht es den Tieren?"

„Prächtig, Weihnachtsmann. Alle sind kerngesund."

„Das freut mich zu hören. Sag mal, Freddy", beginnt der Weihnachtsmann weiter. „Hast du in letzter Zeit festgestellt, ob eines der Rentiere schwächelt?"

„Das wäre mir bestimmt aufgefallen. Nur Ewald macht mir etwas Sorgen."

„Wieso denn?"

„Ich finde, dass er ein bisschen zu dick ist. Der Gute futtert den ganzen Tag und bewegt sich kaum. Das ist nicht gut für seine Kondition und sein Gewicht."

„Da magst du recht haben", der Weihnachtsmann streicht sich durch seinen Bart. „Vielleicht ist Ewald der Grund, weshalb der Schlitten nicht abhebt."

Der Elf nickt nachdenklich. „Das ist durchaus möglich. Wenn Ewald zu schwer ist und aufgrund seiner Kondition nicht mit den anderen Tieren mithalten kann, klingt diese Theorie plausibel."

Der Weihnachtsmann denkt kurz nach und nickt dann entschlossen. „Gut, dann müssen wir ihn wohl auf Diät setzen. Freddy, schaffst du das?"

Der Stallelf kratzt sich tadelnd am Kinn. „Das ist einfacher gesagt als getan, Weihnachtsmann. Aber ich werde mein Bestes geben."

Mit einem sanften Lächeln klopft der Weihnachtsmann dem Elfen auf die Schulter. „Ich verlasse mich auf dich, Freddy. Wir haben nur noch eine Woche, um das Problem zu lösen."

Freddy nickt und schaut zum Rentierstall. „Ich werde Ewald in ein Trainingsprogramm integrieren. Mehr Bewegung, weniger Futter."

Der Weihnachtsmann nickt zufrieden, verabschiedet sich und macht sich auf den Weg zurück zur Reparaturwerkstatt. Krocko sitzt immer noch über den Schlittenplänen und kratzt sich am Kopf.

„Hast du etwas gefunden?", fragt der Weihnachtsmann hoffnungsvoll.

„Leider nichts Konkretes", seufzt Krocko, „aber ich habe mir Gedanken gemacht. Was, wenn wir den Schlitten verzaubern könnten?"

Der Weihnachtsmann zieht eine Augenbraue hoch. „Verzaubern? Das ist ein interessanter Gedanke. Aber wie sollen wir das anstellen?"

Krocko lehnt sich zurück und verschränkt die Arme. „Wir haben doch die magischen Wünschelsterne. Wenn wir einen davon verwenden, könnte es vielleicht ausreichen, um den Schlitten kraftvoll und leicht genug zu machen, damit er fliegt, selbst wenn Ewald noch an seiner Diät arbeitet."

Der Weihnachtsmann überlegt einen Moment lang. „Ein Wünschelstern? Das ist riskant. Wir haben nur eine begrenzte Anzahl davon."

„Ich weiß, aber ich sehe momentan keine andere Möglichkeit", erwidert Krocko ernsthaft.

Nach kurzem Zögern nickt der Weihnachtsmann schließlich. „In Ordnung, hol einen Wünschelstern. Wir haben wirklich keine Zeit zu verlieren."

Krocko springt sofort auf und rennt zur Schatzkammer, wo die Wünschelsterne aufbewahrt werden. Mit großer Sorgfalt nimmt er einen der funkelnden Sterne aus einer sicher versiegelten Kiste. Zurück bei der Werkstatt hält er den magischen Stern in seinen kleinen Händen und schaut den Weihnachtsmann ernst an.

„Bist du bereit?", fragt der Elf.

Der Weihnachtsmann nickt und schaut gespannt zu, wie Krocko den Wünschelstern über den Schlitten hält. Mit einem Flüstern spricht der Elf die magischen Worte und der Stern beginnt zu glühen und schließlich zu schmelzen. Ein heller Lichtstrahl umhüllt den Schlitten und als das Licht langsam verblasst, spüren beide sofort die Veränderungen.

„Ich glaube, es hat funktioniert!", ruft Krocko aufgeregt.

Der Weihnachtsmann lächelt erleichtert. „Wir werden es erst wissen, wenn wir es ausprobieren. Lass uns die Rentiere einspannen und es testen."

Mit vereinten Kräften bringen sie die Hirsche zum Schlitten und schnallen sie fest. Eingespannt und bereit, rappeln die Rentiere ungeduldig mit ihren Hufen. Der Weihnachtsmann nimmt die Zügel in die Hand und mit einem kräftigen „Hü auf!" setzt sich der Schlitten in Bewegung.

Die Augen der Elfen leuchten auf, als der Schlitten sanft abhebt und höher und höher steigt. Unten auf dem Boden brechen die Elfen in Jubel aus, als sie erkennen, dass die Weihnachtsbescherung gerettet ist.

Der Weihnachtsmann lenkt den Schlitten wieder herab und landet sanft auf dem verschneiten Boden des Weihnachtsdorfs. Mit Freudentränen in den Augen dreht er sich zu Krocko und den anderen Elfen um. „Wir haben es geschafft! Weihnachten ist gerettet!"

Der Jubel hält noch lange an, während die Elfen sich in den Armen liegen und vor Freude tanzen. Und auch Ewald, der inzwischen schon mit einem Haufen Möhren versorgt wird, scheint die Aufregung zu spüren, denn er schaut neugierig auf den Schlitten und die jubelnden Elfen, als wüsste er ganz genau, dass er daran seinen Anteil hatte.

Der Weihnachtsengel

Die sanfte Dämmerung legte sich wie ein zarter Schleier über das St. Marien Altenheim. Die Betagten saßen verstreut im Gemeinschaftsraum, ein jeder in seinen eigenen Gedanken versunken. Berta Hungerbühl, eine rundliche Frau, rückte ihre Brille zurecht und starrte gedankenverloren aus dem Fenster. Die Schneeflocken wirbelten um die Wette, bis sie schließlich auf dem nassen Asphalt zum Erliegen kamen. Doch die Frau beachtete sie nicht. In der Ecke des kleinen Tisches saß Otto Flüsterberg und brabbelte unverständliche Worte, was er immer tat, um seinem Unmut über die Schlagzeilen in der Tageszeitung Luft zu geben. Eine allgemeine Tristesse lag in der Luft. Wie sie gerade in den trüben Wintermonaten zu finden ist.

Wie aus dem Nichts öffnete sich die Eingangstüre und ein fremder Besucher trat ein. Seine Gegenwart strahlte eine unglaubliche Aura aus: Er trug ein Gewand, das so weiß war, wie die tanzenden Schneekristalle vor dem Fenster. Golden glänzende Sterne drapierten den samt seidenen Stoff. Auf seinem Kopf thronte ein filigraner Heiligenschein. Weiße Flügel ragten prachtvoll von seinen Schultern empor und wippten bei jedem seiner Schritte sanft hin und her. Er sah aus wie ein Engel, der aus einem Bilderbuch entstiegen war.

Die aufkommende Neugier riss die Pflegebedürftigen des Heims aus ihrer Lethargie. Einer nach dem anderen spähte in Richtung des Besuchers, der breit lächelnd auf sie zuging. „Frohe Weihnachten!", rief er mit einer Stimme, die wie goldener Honig klang und den ganzen Raum zu erfüllen schien. „Mein Name ist Gabriel und ich bin heute hier, um gemeinsam mit euch die schönste Zeit des Jahres zu feiern."

Die anfänglichen Zweifel verwandelten sich schnell in freudige Erwartung, als Gabriel begann, den Raum mit seiner Gegenwart zu erhellen. Er war ein ganz besonderer Engel – einer, der in der Lage war, Herzen zu berühren und längst vergessen geglaubte Emotionen wieder hervorzuzaubern.

Gabriel führte die Anwesenden durch eine Reihe von Aktivitäten, die sie tief in ihren Erinnerungen schwelgen ließen. Gemeinsam sangen sie altbekannte Weihnachtslieder, deren Klänge durch die Korridore hallten und die Mauern des Altenheims durchdrangen. Die weichen Melodien weckten Bilder aus ihrer Kindheit, von verschneiten Winternächten, duftenden Zimtstangen, Christstollen und leuchtenden Weihnachtsbäumen.

„Ich kann mich noch genau erinnern, als wir in unserer Kindheit dieses Lied gesungen haben und uns Vater mit seiner Geige begleitete", rief Berta Hungerbühl freudig und wischte sich eine Träne aus dem Augenwinkel.

„Das war auch unser liebstes Weihnachtslied", ergänzte Otto Flüsterberg. „Im Anschluss daran durften wir jedes Mal das erste Geschenk auspacken. Dabei wussten wir, dass sich unsere Eltern keine teuren Geschenke für uns Kinder leisten konnten. Aber wir freuten uns über Strohpuppen oder selbstgestrickte Socken, die uns in eisigen Winternächten die Füße wärmte." Sein Blick schweifte aus dem Fenster und fuhr fort. „Als ich acht Jahre alt war habe ich das schönste Geschenk bekommen, das ich mir je wünschen konnte. Ein Schaukelpferd. Mein Vater hatte es von einem befreundeten Drechsler herstellen lassen. Für meine Eltern muss es ein Vermögen gekostet haben. Das Holz war glatt und hatte einen hellbraunen Glanz. Wenn ich daran denke, fühle ich die weiche, schwarze Mähne, die den Nacken zierten. Auf dem Rücken war aus Filz ein roter Sattel mit goldenen Stickereien befestigt. Oh, wie habe ich dieses Pferd geliebt."

Im Anschluss wurden die Kerzen am Baum entzündet und Gabriel erzählte Geschichten. Sie waren märchenhaft und doch so vertraut. Geschichten von Engeln, die Wünsche erfüllten, von kleinen Wundern und verzauberten Momenten. Während er sprach, leuchteten die Augen der Lauschenden und das Licht des Kaminfeuers spiegelte sich in ihren tränenfeuchten Augen wider. Es war, als würde Gabriel die Zeit zurückdrehen und ihnen einen kostbaren Augenblick ihrer Jugend und Freude zurückgeben.

Gabriel kam nicht mit leeren Händen. Liebevoll ausgesuchte Kleinigkeiten wie ein nostalgisches Spielzeug, ein von Hand gestrickter Schal oder ein Fotoalbum wurden verteilt und ließen die Herzen der Beschenkten höherschlagen.

Nach dem Abendessen versammelten sich alle um den festlich geschmückten Weihnachtsbaum, dessen Lichter warm und einladend funkelten. Gabriel ergriff die Hände der beiden neben ihm stehenden Personen und begann, ein uraltes Weihnachtsgebet zu sprechen.

„Lieber *Gott,*

in dieser heiligen Nacht danken wir dir für die Geburt deines *Sohnes, der Liebe und Licht in unsere Welt gebracht hat.*

Lass den Glanz des Sterns von Bethlehem auch in unseren Herzen leuchten

und uns an die Wunder und die Hoffnung erinnern,

die Weihnachten uns schenkt.

Segne uns mit Frieden und Freude,

mit Hoffnung und Gesundheit.

Lass uns die Wärme und das Licht dieser Nacht

in die Welt hinaustragen und in unseren Taten widerspiegeln.

Erinnere uns daran, die Liebe und Zuwendung zu teilen

mit jenen, die einsam und in Not sind,

und schenke uns die Weisheit und Kraft,

diese guten Vorsätze in die Tat umzusetzen.

In dieser besinnlichen Stunde danken wir dir für die Gemeinschaft und die kostbaren Erinnerungen, die uns verbinden und unser Leben bereichern. Amen. " (Autor unbekannt)

In diesem Moment verschmolzen alle Stimmen zu einer einzigen Harmonie. Einer Melodie des Friedens und der Zusammengehörigkeit.

Als die Nacht hereinbrach und Gabriel sich schließlich verabschieden musste, hatte sich etwas verändert. Die Herzen der Anwesenden schwebten vor Leichtigkeit und ihre Gesichter waren von Freude erfüllt. Sie hatten nicht nur einen außergewöhnlichen Besucher erlebt, sondern auch das Gefühl von Familie und Gemeinschaft wiedergefunden, das sie lange vermisst hatten. Und während der Engel in die kalte Winternacht hinausschritt, wussten sie alle, dass dieser Heiligabend für immer einen besonderen Platz in ihren Erinnerungen einnehmen würde.

Der Weihnachtsstern

Es war eine klirrend kalte Winternacht, als der kleine Ort Wichtelhausen vom ersten Schnee des Jahres eingehüllt wurde. Die Menschen, die hier lebten, freuten sich jedes Jahr über die festliche Zeit, aber dieses Jahr sollte ein ganz besonderes Ereignis stattfinden.

Hoch oben im Himmel leuchtete ein besonders strahlender Stern, den die Ansässigen bald den „Weihnachtsstern" tauften. Es hieß, der Stern würde nur alle hundert Jahre erscheinen und besondere Wunder mit sich bringen.

Im Herzen von Wichtelhausen, wo die Gassen sich verwunden wie die feinen Stickereien auf Oma Evas Ziertuch, wohnte die junge Clara. Sie war ein aufgewecktes und neugieriges Mädchen mit großen, glänzenden Augen und einem Herzen voller Träume. Clara liebte es, die sternenklare Nacht zu beobachten und Geschichten von längst vergangenen Zeiten zu hören.

„Hast du schon vom Weihnachtsstern gehört, Clara?", fragte Opa Gerwig eines Abends, als beide zusammen in seiner urigen Werkstatt saßen. Die Wände der Werkstatt waren voller Uhren, Spielzeuge und anderer kleiner Wunderwerke, die er im Verlauf der Jahre erschaffen   hatte.

Clara nickte eifrig und ihre Augen leuchteten wie Kerzenlichter. „Ja, Opa Gerwig, die anderen Kinder haben mir davon erzählt. Sag mir, ist die Geschichte wahr? Gibt es wirklich einen Stern, der Wünsche erfüllen kann?"

Opa Gerwig lächelte geheimnisvoll und nahm eine wunderschön geschnitzte Holzfigur eines Sterns von einem der Regale. „Mein liebes Kind, die Welt ist voller Geheimnisse und Wunder. Der Weihnachtsstern soll jene, die glauben, die hoffen und die, die sich etwas wirklich von Herzen wünschen, segnen. Aber das Wichtigste ist, dass du immer an die Kraft deines eigenen   Herzens   glaubst."

Clara nahm den hölzernen Stern und betrachtete ihn lange. Sie fühlte eine warme Woge von Hoffnung und Freude in sich aufsteigen. Von nun an beschloss sie, diesen besonderen Stern am Himmel zu suchen und eine Verbindung zu ihm aufzubauen. Jede Nacht, bevor sie ins Bett ging, betete sie leise zu dem Stern, dass er ihr und den Anderen im Dorf Frieden und Glück bringen   möge.

In der Nacht, als der Weihnachtsstern am hellsten

88

leuchtete, versammelten sich alle Gemeindemitglieder von Wichtelhausen auf dem großen Dorfplatz. Kinder hielten neugierig die Hände ihrer Eltern, die Erwachsenen lächelten einander geheimnisvoll zu. Alle schauten erwartungsvoll zum Sternenhimmel.

Plötzlich geschah etwas Wundersames. Ein sanfter, goldener Lichtstrahl löste sich vom Stern und schwebte langsam auf das kleine Dorf herab. Als er den Dorfplatz berührte, durchströmte eine magische Wärme die Luft. Claras Herz klopfte heftig vor Aufregung, denn sie wusste, dass dieser Moment der Beginn großer Wunder war.

Von da an war nichts mehr wie vorher. Die Felder erblühten selbst im tiefsten Winter, die Tiere des Waldes fanden den Weg ins Dorf und halfen bei den Vorbereitungen für das Fest, und die Menschen von Wichtelhausen kamen näher zusammen als je zuvor. Jeder Tag war erfüllt von Freude, Freundschaft und dem wachsenden Glauben an das Gute.

Clara wusste nun, dass es nicht nur der Weihnachtsstern war, der diese Wunder möglich machte, sondern die Liebe und der Glaube, die sie und die anderen in ihren Herzen trugen. Der Stern leuchtete fortan jeden

Abend. Ein prächtiges Symbol für die Wunder, die entstehen, wenn Menschen ihre Herzen vereinen.

Die Zugfahrt

Im tiefsten Winter, wenn die Nächte lang und die Tage kurz sind, entfaltet die Welt eine ganz eigene Magie. Die Kälte und der Schnee weben Geschichten, die so alt sind wie die Zeit selbst und doch jedes Jahr wieder neu erzählt werden wollen. Inmitten dieser winterlichen Wunderwelt bahnte sich ein ungewöhnlicher Zug seinen Weg durch die verschneiten Weiten der Landschaft.

Der Zug ruckte ein letztes Mal, bevor er endgültig zum Stillstand kam. Der Wind draußen heulte ohrenbetäubend, ein untrügliches Zeichen für den herannahenden Schneesturm in dieser einsamen Region. Die Schneeflocken wirbelten wie wild gewordene Sterne umher und ließen die Welt außerhalb der Fenster in einem endlosen Weiß verschwinden.

Drinnen, im warmen Licht der Waggonlampen, saßen die Reisenden in stiller Anspannung. Die Sitze waren ein Sammelsurium von Farben und Texturen, bunt gemischt wie die Seelen, die darauf Platz genommen hatten. Es war ein außergewöhnlicher Zug, der an einem Winterabend eine ungleiche Schar von Fahrgästen versammelte. Die Menschen schienen, jeder für sich, in ihren Gedanken verloren, gebannt von den eigenen

Sorgen und Hoffnungen. Doch die Kälte und das ungewisse Ende der Reise schienen die Barrieren des Schweigens allmählich zu durchbrechen.

Ein älterer Herr, dessen graues Haar und vornehmes Auftreten auf viele gelebte Jahre hinwiesen, erhob sich mit einem kleinen Seufzer. „Meine Damen und Herren, es scheint, als müssten wir diese Nacht miteinander verbringen. Warum also nicht den Abend ein wenig erhellen? Vielleicht mit Geschichten?"

„Opa, das kann doch nicht dein Ernst sein! Wir sind doch keine kleinen Kinder mehr! Warum sollten wir solche lächerlichen Geschichten hören?" Der Jugendliche mit den zerrissenen Jeans kaute demonstrativ auf seinem Kaugummi und zog seine Schirmmütze tiefer ins Gesicht.

Eine junge Frau, in einen bunten Wollschal gehüllt, verdrehte die Augen und bemühte sich, die Lage zu entschärfen. „Also für mich klingt das nach einer guten Idee", sagte sie. „Ich heiße Larissa. Um meine Müdigkeit zu vertreiben, könnte ich mit meiner Geschichte den Anfang machen."

Die anderen nickten zustimmend. Während Larissa begann, erzählte sie von einem alten Weihnachtswunder, das sie in ihrer Kindheit erlebt hatte. Die Detailverliebtheit und die leuchtenden Augen der jungen Frau fesselten die Anwesenden. Sie sprach von unerwarteter Freundlichkeit und der Magie des Zusammenhalts. „Es war damals, kurz vor meinem elften Geburtstag, als meine Mutter eines Abends mit verweinten Augen in der Küche stand. Mein Vater nahm sie zärtlich in den Arm. Doch nichts schien zu helfen. Sie verbarg ihr Gesicht in seiner Brust und schluchzte unermüdlich. Ich zitterte am ganzen Körper, denn ich fühlte, dass etwas passiert sein musste, das sie außerordentlich durchschüttelte. ‚Warum weint Mama?‘ fragte ich meinen Vater. ‚Weißt du, Liebling,‘ antwortete er, ‚auch Erwachsene sind manchmal traurig und enttäuscht.‘ ‚Und warum ist Mama traurig?‘ hakte ich nach. ‚Weil Oma nicht mit uns Weihnachten feiern will.‘ ‚Aber warum denn nicht?‘ fragte ich weiter und spürte, wie auch in mir die Tränen aufstiegen.“

Larissa hielt kurz inne, um die Reaktionen der Mitreisenden zu beobachten. Einige hatten sich nach vorne gelehnt, gespannt auf das, was als Nächstes kommen würde. Selbst der Jugendliche mit der Schirmmütze hatte sein Kaugummi-kauen verlangsamt.

„Weißt du, Kind, manchmal tragen Erwachsene alte Verletzungen und Missverständnisse mit sich herum, die sie daran hindern, einander zu vergeben", fuhr Larissa fort. „Ich konnte das damals nicht verstehen. Weihnachten sollte doch die Zeit der Vergebung und des Zusammenseins sein. Ich fragte meinen Vater immer wieder, warum Oma nicht kommen wolle, aber er hatte auch keine klare Antwort für mich. Schließlich legte er den Arm um mich und sagte: ‚Weißt du, Larissa, wir müssen manchmal einfach daran glauben, dass Wunder geschehen können.'

An diesem Abend konnte ich nicht schlafen. Der Gedanke, dass Oma allein und traurig sein würde, ließ mich nicht los. Ich schlich mich aus meinem Zimmer und setzte mich ans Fenster. Der Mond schien hell und der Schnee funkelte wie tausend kleine Diamanten. Und da, in diesem Moment, hatte ich eine Idee.

Am nächsten Morgen, noch vor dem Frühstück, nahm ich all meinen Mut zusammen und griff nach dem Telefon. Meine Hände zitterten, als ich Omas Nummer wählte. Sobald sie abhob und ihre vertraute Stimme ertönte, liefen mir Tränen übers Gesicht. ‚Oma, bitte komm zu uns Weihnachten feiern,' schluchzte ich ins Telefon. ‚Wir vermissen dich so sehr. Egal, was passiert ist, wir lieben dich.'

Es schien eine Ewigkeit zu dauern, bis sie antwortete.

Die Stille am anderen Ende der Leitung war nerven-aufreibend. Doch dann hörte ich, wie sie schluchzte. ‚Oh, meine Liebe,‘ sagte sie, ‚ich habe euch auch so sehr vermisst. Ich wusste nicht, ob ich noch willkommen bin.‘

Noch am selben Abend stand sie vor unserer Tür, ihre Augen schimmerten voller Tränen. Und als sie meine Mutter sah, fielen sie sich in die Arme und alles Ungesagte löste sich in diesem innigen Moment auf. Das war mein Weihnachtswunder. Unser Weihnachtswunder.“

Larissa pausierte erneut und sah sich um. Einige der Mitreisenden hatten Tränen in den Augen, während andere lächelten, ergriffen von ihrer Geschichte. Der ältere Herr nickte zufrieden und legte ihr eine Hand auf die Schulter.

„Danke, Larissa. Das war eine wunderschöne Geschichte. Vielleicht haben wir alle ein wenig von dieser Magie in uns und können sie teilen, gerade in Zeiten, in denen wir sie am meisten brauchen.“

„Das war schön“, sagte eine andere Stimme. Es war ein junger Mann mit einer Gitarre auf dem Schoß. „Ich bin Ben. Und ich werde euch jetzt etwas vortragen.“

Ehe er zu spielen begann, gab er den Takt an. Ein leises rhythmisches Klopfen auf die Seite seines Instruments. Melodien und Erinnerungen flossen geschickt ineinander und es war, als würde die Musik die Herzen der Menschen im Zug direkt ansprechen.

Die Nacht ging weiter, und nach und nach trauten sich immer mehr von den Fahrgästen, etwas von sich preiszugeben. Geschichten von Liebe und Verlust wurden geteilt, von Träumen und gescheiterten Plänen. Sogar einige verborgene Geheimnisse fanden ihren Weg ins Licht des Waggons.

Ein kleines Mädchen, das bis dahin nur zugehört hatte, trat schließlich zu der Gruppe. Mit leuchtenden Augen berichtete es von einem Schneemann, den es letzten Winter gebaut hatte, und wie er, ihrer Meinung nach, zum Leben erweckt sei, um sie zu beschützen.

Der Herr, der die Runde begonnen hatte, lächelte warm. „Was für ein wunderbarer Abend", sagte er. „Und wisst ihr was? Ich glaube, wir sind alle irgendwie miteinander verbunden, mehr als wir zunächst gedacht haben."

Mit einem Mal schien der tosende Schneesturm draußen nicht mehr ganz so bedrohlich. Die Wärme und das Licht der Gemeinschaft, die sich im Inneren des Zuges gebildet hatte, trugen die Nacht und die Hoffnungen aller Beteiligten. Es war dieser Moment, der sie auf eine Weise miteinander verband, die nur ein verschneiter Zug in einer kalten Winternacht vermochte.

Nachwort

Liebe   Leserinnen,   liebe   Leser

Mit dieser letzten Seite endet unsere gemeinsame Reise durch eine kalte, verschneite Winternacht, die uns doch so viele warme und berührende Momente geschenkt hat. Es ist erstaunlich, wie Geschichten wie jene, die du gerade gelesen hast, unsere Herzen berühren und uns ein Stück weit näher zusammenbringen können. Sie erinnern uns daran, dass der wahre Zauber von Weihnachten nicht in den materiellen Dingen liegt, sondern in den zwischenmenschlichen Verbindungen, die wir knüpfen und pflegen.

Vielleicht hast du in Larissas Geschichte einen Funken der Hoffnung gefunden, in Bens Musik ein Echo deiner eigenen Träume gehört oder dich von dem kleinen Mädchen und seinem lebendig gewordenen Schneemann an die Magie der Kindheit erinnert gefühlt. Ich hoffe, dass diese Geschichten dich ermutigt haben, auch in deinem Leben Neues und Schönes zu entdecken, alte Wunden heilen zu lassen und den Zauber der Liebe   und   Vergebung   zuzulassen.

Wenn die Nächte lang und die Tage kurz sind, wenn der Schnee die Welt in ein stilles Weiß hüllt, dann denke an die Wärme und das Licht, das wir füreinander sein können. Ein einfaches Lächeln, ein freundliches Wort oder eine kleine Geste der Zuneigung können oft mehr bewirken als die schönsten Geschenke.

Die Verbindungen, die wir mit anderen Menschen eingehen, sind es, die uns stark machen und unser Leben reich an Erfahrungen und Emotionen gestalten. Vielleicht inspirieren dich die Geschichten in diesem Buch dazu, deine eigenen Erlebnisse zu teilen, alte Freundschaften wieder aufleben zu lassen oder neue zu knüpfen.

Möge der Geist von Weihnachten, der in diesen Erzählungen lebendig geworden ist, noch lange in deinem Herzen nachklingen. Ich wünsche dir und deinen Lieben eine Zeit voller wunderbarer Momente, ein warmes Herz und die Kraft, den Zauber und die Magie auch in den kleinen Dingen des Alltags zu finden.

Frohe Weihnachten und ein neues Jahr voller Geschichten, die erzählt werden wollen.

Herzlichst,

Deine Luisa-Sophie

*Erstellung und Gestaltung wurden
mithilfe von WriteControl vorgenommen*

*Erstellung und Gestaltung des Covers wurden
mithilfe von Canva vorgenommen.*